哈利·波特中的政治学

（美）贝瑟妮·巴拉特 著
朱晔 姜睿 译

中国财政经济出版社

图书在版编目（CIP）数据

哈利·波特中的政治学／（美）贝瑟妮·巴拉特著，朱晔，姜睿译．—北京：中国财政经济出版社，2015．1
ISBN 978－7－5095－5889－8

Ⅰ．①哈…　Ⅱ．①巴…　②朱…　③姜…　Ⅲ．①儿童文学－长篇小说－小说研究－英国－现代　②政治学－通俗读物　Ⅳ．①I561．078②D0－49

中国版本图书馆 CIP 数据核字（2014）第 279562 号

责任编辑：孙　腾　　　　责任校对：刘　靖
封面设计：汪俊宇　　　　版式设计：兰　波

著作权合同登记号：图字 01－2013－6687

中国财政经济出版社 出版
URL：http：//www.cfeph.cn
E－mail：cfeph@cfeph.cn

社址：北京市海淀区阜成路甲 28 号　邮政编码：100142
营销中心电话：88190406　北京财经书店电话：64033436　84041336
北京财经印刷厂印刷　各地新华书店经销
710×1000 毫米　16 开　11.5 印张　158 000 字
2015 年 3 月第 1 版　2015 年 3 月北京第 1 次印刷
定价：32.00 元
ISBN 978－7－5095－5889－8/D·0351
（图书出现印装问题，本社负责调换）
本社质量投诉电话：010－88190744
打击盗版举报热线：010－88190492，QQ：634579818

献给 JKR 以及每个把霍格沃茨当做精神归宿的人

序　言

我既是政治学研究者，也是魔术师，我的三个孩子又都是在哈利·波特系列故事的陪伴下长大的。在政治学的浩瀚书海中能增加这样的一本书，我对此深表欢迎。我有幸与作者贝瑟妮同在美国政治科学协会的人权部门共事多年。我们就本书内容多次开会讨论，能够最终面世，我们倍感欣喜。这本书立意之新锐、观念之奇巧，实在令人激赏。

作为大学教授，我总是寻求各种方法调动学生的学习兴趣。今年的大一新生都出生在1995年，已然是冷战结束后的第六年了！这些年轻人既不熟悉罗纳德·里根和玛格丽特·撒切尔，对越战与黑胶唱片也非常陌生。不过他们倒很了解哈利·波特。贝瑟妮能人所不能，巧妙地由此突破，捕获了“千禧一代”及后来者的注意力。

贝瑟妮在书中把魔法作为一种隐喻手段，将哈利·波特的魔法世界转化为政治学之神妙宝藏，令学生与有兴趣的读者都能从中反思社会现象，领悟政治学奥义。很有意思的是，正是通过哈利·波特的魔法世界，贝瑟妮由此揭开了政治学的神秘面纱，帮助读者正视一系列经典的课题，如权力、权威、罪与罚、对“他者”的恐惧、社会动员机制、战争、国家存在的依据以及环境问题等。全书十个章节所涵盖的各种主题很容易得到年轻读者的认同，他们由此也会更好地理解各种核心概念、理论、矛盾与争论的内容，而这些都将有助于他们深入领会更加复杂的政治学思想。

霍格沃茨是一所魔法学校，有着自己独特的教学计划、教师队伍与课程安排，这一切都符合经典“校园小说”所反映出的英国教育制度：学校制服、学员徽章、领带和围巾等，还有被罗琳称为“魁地奇”的新奇运动实则演化自板球与足球。波特的世界完整而充实，不仅包括社会等级制度、身份政治、爱与憎、善与恶、罪与罚，还包括各种敌对关系与权力争斗。那些神奇生物多少都来源于当代世界的原型，而小说中不断深化推进的复杂关系正反映出当下年轻人所处的生活现实与政治生态。

政治学中也不乏有关魔法的历史探究。罗琳所虚构出的世界很大程度是基于那些“学术魔法师”的历史成就，例如科尼利厄斯·阿古利帕、约翰·迪伊、罗伯特·弗拉德，还有艾萨克·牛顿爵士（由于牛顿在其学术生涯的后期沉迷于炼金术，所以约翰·梅纳德·凯恩斯曾将其称作“最后的魔法师”）。自15世纪末期至18世纪早期，形形色色的学术魔法师们为了探究复杂宇宙的奥妙，采用各种数学、逻辑学和神学的方法，在科学、宗教与政治学之间开辟出一条充满危险的道路。在马克思·韦伯看来，资本主义与现代思想的兴起是一个理性化、世俗化、不断摆脱蒙昧日益觉悟的过程。波特的故事令魔法思想及其一整套的理念重归读者的视野，正如贝瑟妮在书中所展示的那样，这些思想和理念对于当代政治有着很重要的意义。

尽管男魔法师们给了罗琳创作的灵感，而那些被控从事魔法巫术的女性却往往遭受旷日持久的残酷迫害，历史上这方面的例子不胜枚举。欧洲的许多国家都曾参与过针对女性的迫害活动，对她们刑讯逼供，一旦认罪就处以极刑。当然大多数被指控的女性也确实有罪。我对这一段历史有着特殊的感情，因为这个时期最著名的人物之一，“猎巫将军”马修·霍普金斯来自曼宁特里镇，而我住在东安格利亚的东博格霍特村，两地之间仅仅相距两英里而已。这段历史带给我很多启发，我曾在自己的魔术表演中表现女巫受审的场面，帮助观众们意识到历史上曾有过的社会不公与针对女性所实施的可怕暴行。

从政治角度而言，巫术崇拜的鼎盛时期恰好与英国国内战争时期重合，同一时期，托马斯·霍布斯出版了鸿篇巨著《利维坦》。霍布斯不仅在书中探讨了理性、现实主义、社会契约论等永恒的主题，关于“猎巫”的主题在政治学与文学研究中也一直非常引人注目。我们只需想想亚瑟·米勒的剧作《炼狱》（The Crucible），反映的正是20世纪50年代的麦卡锡主义和美国众议院“非美活动调查委员会”对许多美国民众的极端怀疑与迫害。在《哈利·波特中的政治学》这本书中，贝瑟妮也向我们展示了罗琳对类似主题的探索，分析了波特身边发生的迫害活动与9·11之后“反恐战争”中所发生的“猎巫”活动之间的关联。这类活动不仅有损于世界范围内的基本人权责任，也在不同种族与宗教团体之间制造了可怕的嫌隙乃至沟壑。

这本书以魔法起兴，还探讨了一系列更深层次的问题，例如科学、知识增长以及当下围绕人类心智所展开的各种争论。例如，笛卡尔曾说“我思故我在”，那么心智与身体的关系真如名言中所说的那样是相互分离的吗？量子物理学的进展让人们开始重新审视以笛卡尔二元论为核心的启蒙时期思想。长期以来，魔术师们都秉持着身心“非二元论”的原则，这也是哈利故事系列中反复出现的一个主题。当下的科学发展也许正在逐步揭示这个思想，不断深入的各种研究也会对未来的政治学产生深远的影响。

在科学哲学领域，特别是与本书密切相关的社会科学哲学领域，围绕着知识的性质、什么是可知的、又该如何获得知识这一些问题，人们不断地为之争论。为了“探究世界”所进行的摸索与尝试，对于政治学本身也有着深远的意义。这个学科自身曾经历过所谓的“范式战争”，研究者针对政治世界中的各项议题，各自提出不同的研究方法与知识论断。霍格沃茨学校的教学计划也体现出类似的问题，学生们可选课程范围广泛，有草药学、黑魔法防御术、各类魔咒与魔药，甚至还有变形。研修政治学的学生们也有着同样广泛繁杂的课程内容，例如政治理论、国际关系、比较政治学、美国政治、政治分析与统计方法等。政治科学系的授课教授们之间也常常想法对立、彼此矛盾，对学术工作的理解也各不相同。加布里埃尔·艾尔蒙德曾说过，政治科学家们总是围坐在“不同的桌边”，而当我在读贝瑟妮的书时也不禁痴想，格兰芬多、赫奇帕奇、拉文克劳和斯莱特林这四张桌边都会坐着哪些学者呢？

除了范式战争，魔法、科学与政治学也常常关心那些“不可见”和“不可知”的问题。例如在魔法领域，巫师通过使用魔咒或专注于形而上层面的世界，就可以改变物质世界中的事物。在科学界，牛顿的重力原理并非基于对重力的直接观察，而是对重力效果的间接观察。在政治学领域，斯蒂芬·卢克也曾指出，权力既可以被观察到（如人与人之间的暴力、国家压制和国家间战争），也可能观察不到（如工人们的虚假意识和一些人隐藏着的“真实”利益等)。哈利·波特系列中那些无形的力量，也并非仅仅是牵强虚构或奇思异想，而是科学特别是政治科学中的核心理念之一。

在哈利·波特这一伟大的作品中，贝瑟妮挖掘出一系列事关政治学核心理念的重要隐喻，内容丰厚，回味无穷。罗琳创作的这七部小说是一个非同寻常的别样世界，也是一部略显漫长沉闷的道德剧，书中也表达与探讨了一些永恒的政治议题，就这点而言，小说也不失为一个有价值的学术载体。正如厄休拉·勒奎恩、玛格丽特·艾特伍德（当然还有C. S. 刘易斯，J. R. R. 托尔金以及菲利普·普尔曼）等作家一样，J. K. 罗琳在笔下的虚构世界中，通过生动的形象、强烈的对比、黑暗的主题和充满张力的个性塑造，对生活中的各种问题展开剖析与反思。而从贝瑟妮饱含激情的文字与入木三分的分析中，我们也不难看出，她不仅对小说着迷，更能够将罗琳的思想进行精辟深入地解读，引领我们去探究书中埋藏着的政治学宝藏。同时她也是一位经验丰富的教育工作者，为启迪学生而另辟蹊径，帮助他们领悟与掌握政治学的重要思想。这个世界的未来在年轻人的手中，我们教育界的责任就是为他们提供理解世界的有效工具。

为了他们，也是为了你们，贝瑟妮提供了一条特别通道，它的起点就在九又四分之三站台。

托德·兰德曼

政府研究教授

皇家人文学会成员

内部魔法圈银星成员

鸣 谢

若没有大家的幽默与热情支持，这本书恐难写成。能拥有这些亲友，我倍感幸运。

首先，我必须感谢 J. K. 罗琳，她以卓越才华创造出了一个魔法的世界。

感谢我在 Palgrave 的编辑安东尼·瓦尔，当我在 2007 年向他提出本书的想法时，他给了我莫大的支持。在本书漫长的筹备过程中，安东尼、罗宾·科提斯和马修·科贝尔都不曾放弃过对这本书（也是对我）的支持。感谢 Palgrave 其他出色的工作人员理查德·贝里斯和德西里·布朗，还有 Newgen 的迪帕·约翰，他们以无比的亲切、耐心与慷慨帮助我完成了最后的几个阶段。

我还要感谢两位专家，他们对我最初的提案进行了匿名评审，并给予我深刻、中肯而又不乏幽默感的精彩意见。这些意见带给我很多启发，除写书之外我在这四年里常常思考。可以说，在我“一口气”追随着哈利·波特写书的这些年，他们的意见一直对我影响至深，而电影版结局的放映也为我点燃了想象的火花与文字的激情。

另外三位同事虽然没有参与我的工作，却也让我难以忘怀。埃塞克斯大学民主与冲突处理研究所主任、政府学教授托德·兰德曼可谓不折不扣的魔术师。作为顶尖的人权学者与研究专家，他拥有过人的智慧、娴熟的技巧与卓越的成就，无论问题多么艰深复杂，他都能做到深入浅出、轻松应对。琳·维纳是我所在的罗斯福大学人文与科学学院院长，在过去三年间她至少每个月都会问及本书的写作工作，她对此所表现出来的热情感人至深，也长情至久。吉娜·布克拉与我既是同事又是知己好友，我们情同姐妹、无话不谈，在我的每一次冒险之旅中，她都是我的最佳拍档，当然在魔法世界里也是如此。若不是有她，我是否还会在《死亡圣器》出版当晚站在欧洲最大的书店门口排队呢？也许吧，但其中的趣味一定会寡淡不少。我最初构思此书时倍感乐趣，而整个写作过程也始终兴致盎然，在很大程度上，这也得感谢我身边哈利迷的朋友特雷泽·伯令与坎迪·彼得森。

我还得感谢两位出色的研究助理，凯蒂·科玛楚克和奈拉·卡斯科夫斯卡，她们勤奋而投入的工作给了我很大的帮助。当然也应感谢罗斯福大学本科生研究计划项目与约瑟夫·朗迪人权项目对两人工作的支持。

约瑟夫·朗迪与我在同一个项目中共事，虽然本书只有部分内容涉及人权问题，但我与约瑟夫在过去四年间进行的本科生人权教育工作却让我倍感充实，也有助我更好地理解罗琳作品中有关公正的课题。

最后，我要向我的伴侣卢致以深深的感激与爱意。

本书中有关哈利·波特书系中的页码均参照美国（学术出版社 Scholastic）精装版。

目　录

第一章
引言：哈利·波特世界中的政治

对于哈利来说，一走进魔法世界就等于找到了心之所属。对于我们很多人来说也是如此。在魔法世界里，那些遭麻瓜鄙弃的奇人怪物不仅获得了包容，还备受欣赏。在 J. K. 罗琳为我们创造的世界里，麻瓜们的陋习俗见被彻底推翻了。正如 A. O. 司考特所评论的那样，“你在一个充满规范和约束的世界里长大，全然无法理解那些条条框框究竟有何意义，然后，等你到了一定的年纪，你会忽然发现还有许多和你一样的人，甚至还会发现一整套亚文化体系，也有着一系列的规范和约束……不过很奇怪，人们对此却视而不见”（Nel，63）。

不过，我们很快也会像哈利那样，发现事情并非那么简单。这个魔法的世界和麻瓜世界同样复杂，也同样危险。无论在哪儿，权力同样至关重要，追求权力的人和追求正义的人之间始终充满矛盾。麻瓜世界的各个国家与组织要忙于应对各种民族或种族的冲突，魔法世界里也有着各种等级与派别，人们同样为此争斗不休，甚至反目成仇。更麻烦的是，魔法世界中，除了人类，还有其他的神奇生物，所谓的民权或人权问题就变得更加复杂。在哈利的世界里，人类与许多神奇生物因不具备魔力而显得不那么强大，为了保护自身和所爱的人，他们可能会采取一些特别的安全措施。所有这些问题都可能引发经济、军事或者魔法战争，在我们的世界里也是如此。所以，对于我们这些和哈利一同成长起来的人来说，魔法世界和现实世界一样都充满了政治。

许多人在孩提时代初识哈利并和他一同成长，长大后却对麻瓜世界中的政治问题漠不关心。这个现象非常具有讽刺意味。在美国，18—35岁的年轻人恰恰是最不可能参与投票也最不肯表达政治意愿的群体，而当下任何一个政治决策所产生的后果往往会对他们产生最长久的影响。另外，这些决策也最有可能影响到他们目前与未来的生活状态。

在我们这些有幸研究政治学的人看来，上述这种漠不关心的态度实在难以理解。有时我会询问年轻人为什么漠视政治，其中最常提及的一个原因是，他们觉得自己不懂政治，觉得政治问题过于复杂，他们觉得自己没有能力理解。

不过，如果你和哈利一同长大，那你应该见识过马尔福和乌姆里奇所笃信的可怕思想，也知道赫敏有关家养小精灵待遇的理论，并深知各个阵营是如何随着形势的发展而逐步形成，直至最终决战的。事实上，你已经了解了政治学与政治史里许多重要的论题，只是你自己还不知道！

我写此书的目的不仅仅出于对哈利的喜爱，事实上我读到哈利时已经有些晚了。我还希望与哈利·波特迷们畅谈政治世界的种种话题，让他们发现政治世界与哈利·波特的世界一样，包罗万象、新奇刺激。尽管有些政治学者善于把事情弄得复杂而枯燥，但事实并非如此！如果你从破釜酒吧的另一头来看政治学，就会发现它也十分精彩有趣。

另外，我也希望你们能够理解罗琳在作品中传递的一个核心思想，尽管她通常是让邓布利多来表达她的意思的。这个思想就是：无论一个问题看来多么庞大或复杂，个人的选择才是最重要的。就像邓布利多告诉我们的——我们的出身并不重要，我们是谁取决于我们所做的选择。罗琳自己也曾说过，这是整部作品中最重要的思想之一。正是基于这样的态度，我们才能让政治学成为我们拯救麻瓜世界的工具，而不是毁灭世界的武器。

我还想再说说这本书的内容。首先，我是个政治学发烧友，不是文学分析家，我不具备分析文学作品的那些技巧。一个政治学者该如何研究文学作品呢？丹尼尔·尼克松和艾弗·诺伊曼在他们的著作《哈利·波特与国际关系》（Harry Potter and International Relations）的序言中做了如下回答：“我们可以比较各种政治过程：世界政治与国际经济政治的运行，决策者如何将对外政策与经济政策合理化，文化资源如何制约政治行动，又会带来怎样的机遇；跨国运动与国内运动的机制，等等”（Nexon and Neumann，9）。在我看来，他们所说的“等等”主要包括国际人权保护的研究（《人权与国外援助：为了爱还是为了钱》，2007；《9·11后的人权：资料读本》，即将出版），还会涉及舆论与公众意见（《舆论与国际干预：伊拉克战争的教训》，2012）和比较历史学的一些内容。

第二，从罗琳的公开言论、慈善工作和曾在大赦国际的工作经历中，我们或许可以知道她个人的政治立场。不过尽管如此，在大多数情况下我并不认为她会“有意地”支持某一特定政党或政策。

有兴趣的读者可能已经见识过魔法世界中政治问题对各派争斗的影响。我想让他们明白，在有意或无意中，他们不仅已了解到了当下的许多政治问题，还学到了许多政治哲学、法学和历史学方面的主要课题。更重要的是，如果你“与哈利并肩走到最后”，你也已经学到了许多宝贵的经验。若罗琳的读者们都能将此经验付诸行动，那你们可能会把这个世界变得更加美好。

我于2007年开始撰写此书，当时已有不少严肃的著作专门探讨罗琳作品中的社会与政治问题，例如诺伊曼和尼克松的《哈利·波特与国际关系》。我强烈推荐此书，其中有不少很好的案例分析，通过人们对哈利接纳的态度来体现不同政治文化的差异。此外还有吉赛尔·阿纳托所编的《阅读哈利·波特》第一版中的几篇文章，以及伊丽莎白·海尔曼的论文集《哈利·波特的批判视角》。在《哈利·波特与死亡圣器》出版后，另有学者也探讨了罗琳作品中的政治课题，其中较为突出的是阿纳托和海尔曼分别编纂的论文集的第二版，南希·雷金的《哈利·波特与历史》，汤姆斯和斯奈德的《法律与哈利·波特》。与本书直接相关的文献当属戴德拉·布利方斯基的论文集《J. K. 罗琳的哈利·波特系列中的政治问题》，该书对原著中出现的政治论题作了一个短小精悍的概要。当然，另有一些内容更为宽泛的著作也涵盖了一些政治学的讨论。这其中包括安德鲁·布雷克的《论哈利·波特的必然崛起》，菲利普·内尔的《J. K. 罗琳的哈利·波特小说》和特拉维斯·普林齐的《哈利·波特与想象》。

另一个重要的话题并未包括在本书的分析之中，那就是性别问题。性别角色与性别关系当然是魔法社会中至关重要的一个方面，已有许多学者专门针对罗琳在其作品中对性别问题的处理展开过深入的探讨与争论，如鲁斯安·梅耶斯—埃尔玛和凯西·科斯伦。在麻瓜的世界里，性别通常被视作是立法领域的一个课题，因此也属于本书意在涵盖的内容范围。不过，我认为若在书中安排有关性别关系的一个章节，其内容很可能会远远超出我们通常所理解的政治话题，因而也会影响到本书预想的篇幅。既然其他学者都已经深入探讨过性别问题，我在本书中就不再以独立章节赘述性别政治问题。

在过去几年前，每当我向其他领域的朋友们解释这项工作时，他们最常见的反应往往是说："还真有一门哈利·波特政治学吗?"但是随着哈利系列的陆续问世，这类的疑问也随之减少，不过，罗琳是否在书中有意传达政治理念呢? 这一点仍然受到很多人的质疑。

事实上，罗琳本人曾如此评价她的作品："这一部长篇巨著是为了呼吁宽容，呼吁人们停止偏见与盲从……书中向年轻人传达了这样一个讯息：你应该质疑权威，你不应该被动接受既定现实或者盲目相信媒体。我觉得这是一个非常积极健康的讯息"（引自 Granger，2009：159）。这样的说法固然有些高远，但对我们大多数人来说，只要稍加思考，我们也一定能从哈利的故事中受教良多。基思·奥尔贝曼曾说，罗琳让他明白"自以为无所不能的魔法部与英美政府两者间其实并无二致。她在书中写得非常明了"（Granger，2009：154）。若罗琳确有此意，那也恰好与她的另一番言论相吻合，她声称"不管怎样，全书都在竭力反对……偏见与盲从、暴力以及权力争斗"。她还说过，这部作品也是写给像我们这些学术圈里"强迫症患者"的，我们总是渴望知晓任何蛛丝马迹的全部意义（Granger，2009：150）。

事实上，沃鲁斯基认为“罗琳和其他许多人都曾指出，哈利·波特全书最重要的寓意是政治性的”（Wolusky，34）。凯里进一步指出，“全书的核心……就是要传达一个信息：鼓励更多的年轻人参与政治”（Carey in Anatol，2009：159）。而罗琳本人也始终认同书中的各种政治讽喻，比如很多人都猜测猫咪克鲁克山的名字来源于乔治·克鲁克香克——维多利亚时期一位著名的政治讽喻家。《时代》杂志也曾将哈利·波特系列称作“一部有关宽容的4100页的恢宏巨著”（Granger，2009：150）。

本书接下来的内容安排如下。

第二章题为《奉霍格沃茨高级调查官之命：权威的基础》。主要讨论哈利的世界与我们的世界中权威的基础。政治理论中最古老的问题就是权威的基础。魔法世界中的权威来自多种不同的基础，彼此存在矛盾冲突。罗琳在书中引领读者思考各种基础相对的合法性，进而考虑建立一个政府的最根本依据。像麻瓜世界的历史一样，哈利系列也将主权与合法性放在不同的基础之上进行讨论：

1. 纯粹权力
2. 财富
3. 权力承袭
4. 智慧
5. 精英政治
6. 人民意愿

我们还将探讨情报控制的重要性，特别是媒体在反映舆论和操控舆论方面的作用。诺姆·乔姆斯基就曾公开谴责过这个问题（1988）。在小说中，《预言家日报》和《唱唱反调》这两种报纸在散播真假情报方面的工作都卓有成效。我们还会考虑媒体是不是应该作为一种独立的声音，而我还会特别讨论媒体在什么情况下更容易被人控制和利用。我们也将思考恐惧对于政府与人民关系的影响。

第三章题为《阿兹卡班：纪律、惩罚与人权》。这一章将首先解读哈利·波特系列中的司法过程与惩罚手段，从普遍人权的角度检视魔法世界中的法律程序。我们将讨论严刑审讯的作用、法定诉讼程序的重要性、无罪推定原则、证据的使用、法律面前不同族群的不平等地位以及量刑的准则。接着我们将讨论罗琳笔下对家养小精灵的描述及其对奴隶制度的刻画，当然还会讨论赫敏发起的“家养小精灵权益促进会”所展开的争取权利的社会活动。在我们麻瓜的世界里，类似的情况包括英美两国在战争时期临时取消人身保护权和言论自由权的做法，美国所颁布的《爱国者法案》，西方政治思想中法定诉讼程序的嬗变（这其中包括了美国最高法院有关吉迪恩诉帕尔科一案的判决），还有人们对人权普遍性的认识变化以及相关的国际法普遍管辖权问题。

第四章题为《纯血种和泥巴种：种族、物种和权力》。这一章将揭示哈利·波特的世界中种族与遗传政治学所扮演的核心角色。我将探讨魔法师对于麻瓜和泥巴种所持的不同态度，描述所谓“纯血种”魔法师对麻瓜和泥巴种的各种歧视。我们还将探讨族群差异带来的影响和后果，以及我们又是如何在社会中创造出一个“他者”的概念。接着将讨论所谓“物种歧视”的基础、性质和含义，这一观念不仅影响着魔法师的态度和行为，还影响到整个国家对于巨人、狼人、家养小精灵、人鱼和马人等其他神奇生物的态度。通过对哈利的世界中上述问题的思考，进而与我们的世界进行比照，力求从全新的角度去理解宽容、平等、种族暴力、伪科学的人种理论、民权这些概念。麻瓜世界里类似的情况还包括纳粹主义、基督教身份运动、民权运动和西方政治话语中的“东方主义”讨论。

接着我们将讨论，那些在社会上或政治上最为弱势的群体该如何从一个不合法的政府手中夺过自己的权利。第五章《邓布利多军：来自底层的反抗》将探讨弱势群体中反抗与动员的作用。我们将从社会运动理论和集体行动研究的视角，透过邓布利多军的情节来理解集体行动的意义，或者反过来说，通过集体行动理论来更好地理解有关邓布利多军的情节。我们还将探讨知识压迫有时可能会被人利用，成为政治压迫的工具。我们也会探讨动员在创建社群中所起的作用，并考虑持不同政见组织的生存技巧。麻瓜世界中的例子包括美国的民权运动、爱尔兰共和军和黑豹组织。

当有人想通过某些暴力手段来影响广大群众进而达成政治目的时，那这个国家就必须在秩序与自由之间作出艰难的选择。第六章题为《食死徒与黑巫师：恐怖与反恐》，我们将分析哈利的世界中常常被人们称为“军事体制国家”的各个方面。所谓“军事体制国家”是指国家外部存在着持续存在而又界定不明的威胁力量，对于该国的政治制度、政治活动和公民可能会造成长期且难以预见的后果。我们将讨论导致政府（无论布莱尔政府还是魔法部）夸大或淡化威胁的动机、安全与公民自由之间的复杂关系、是否取消法定诉讼程序、寻找替罪羊的动机、恐惧对于现有政治与社会分歧的影响、持续监视的结果以及各种恐怖策略的性质与根源（包括以平民/非战斗人员为目标以及在大众中制造不安定状态等）。在麻瓜世界中也不乏类似的例子。例如 19 世纪和 20 世纪美国的红色恐怖和无政府主义恐怖气氛，当前开展的“反恐战争”，有关恐怖是否就意味着战争的讨论，还有在英美两国所建立的国内应急机构。

第七章题为《凤凰社：情报、反情报与间谍》，我们将在其中分析情报与反情报在谋求和维系政治权力时所发挥的作用。我们会讨论情报机构在创立政治权威性与合法性方面的作用，安全屋所扮演的角色，情报收集工作的开展及其后果，情报人员的活动与效果（如奇洛教授、小巴蒂·克劳奇和斯内普教授），情报的分割管理，独立单元组织结构的必要性以及情报、假情报、密码技术与其他间谍工具的功能。

第八章题为《他唯一害怕的人：战争的性质》。我们将探讨一个被很多政治分析家认为是一切政治中最重要的问题：战争。通过社会科学的分析，我们将考察在哈利的世界与我们的世界中所发生的战争的手段与目的。我们将审视战争中的各种选择：该使用常规还是非常规手段，结盟（特别是与其他物种结盟）所带来的机遇与风险，道德、忠诚和阴谋在战争中所扮演的角色。我们还将对比来自内部与外部的不同威胁，通过伏地魔和邓布利多的例子来评估战争中领袖的能力与作用，并由此发现服从与独立在军事理念中的重要性。我们还将探讨如何有效地减轻战争带来的恶果，并最终停止冲突。我们将分析哈利·波特系列中各种隐含或明显的战争法，并与我们麻瓜世界中的一些观念进行比较，如正义战争理论（诉诸战争权、战时法）、战争时期的习惯法与成文法（如日内瓦公约）。我们还将考察战争的演变以及战士的社会角色的相应变化。

第九章的标题是《古灵阁与加隆币：魔法世界和麻瓜世界中的物质主义》。本章将关注像德思礼一家那样典型的小资产阶级家庭。他们所理解的成功完全建立在物质标准之上，而这一观念所带来的深远影响也值得我们深思。与之形成鲜明对比的是魔法世界中更为灵活的金钱观。在这个世界里，魔法的使用在一定程度上动摇了金钱与权力之间的关系，但也并未彻底消灭权钱交易。当存在明显的家族差别或经济社会地位差异的时候，财富还是会起到重要的作用。我们将分析不同场景中金钱所代表的不同含义：是一种消费工具，一种影响政治或改变社会的途径，或是一种衡量个人价值的标准。最后我们将把魔法世界与几个西方政体并列放在一起，考察其中财富与权力的关系。

第十章题为《政治世界中的哈利·波特》，我们将总结全书，并提出一些问题，思考哈利的影响对当今政治会产生怎样的作用。

我希望这本书能给读者带来快乐与趣味，就像你们喜欢哈利那样，我也希望你们喜欢这本书，并把它“一口气读完”。

第二章
奉霍格沃茨高级调查官之命：权威的基础

政治理论中最古老的问题莫过于权威的基础——是什么赋予了一个人统治他人的权力？在哈利的魔法世界中，统治的权利也受到了或明或暗的质疑，引领读者去探究建立政府的最根本依据。政府不仅拥有臣民必须遵从的“权力”，同时也拥有“权威”，也就是权力的合法性。

政治理论家们普遍认为，合法性就是指一个政府统治其公民的“权力”，包括颁布法令、监督执法以及处置违法。但这些权力的基础何在？在整个人类历史上，理论家和统治者们都曾提出过许多不同的有关统治权的理由，包括：

纯粹权力

权力承袭

财富

智慧

优良品质

人民意愿

在魔法世界的权力斗争中，上述说法都曾被提到过，我们可以逐一审视评判它们哪个更合乎正义，哪个又更有效率。此外，在瞬息万变的政治气候中，我们也有机会理解情报控制的重要意义，特别是媒体所发挥的作用。它们不仅可以反映民意，还可能被用来操纵民意。魔法世界的那些媒体究竟有没有自己的独立见解，又能不能发出自己的声音呢？在什么时候和什么情况下，媒体反而会受人控制而沦为他们的工具？我们还会发现有些因素可能会改变统治者与被统治者之间的关系，这一点与后面第三章的主要思想遥相呼应。

我们首先来了解一下哈利的世界中各种人物所提及的关于"合法"统治权的不同意见。我们将先探讨他们不同的世界观，世界观会影响人们对政府目的的不同理解；第二，我们将讨论哪种人最适合担当统治者；第三点是关于统治权的各种明确表述；第四点则是有关权威是否有界限，界限何在。

现实主义：伏地魔、马基亚维利和霍布斯

有关政治权力的最古老的理论是政治现实主义，有时也叫做现实政治。这个意义上的现实主义不应被理解成"真实的"，政治现实主义理论有着截然不同的内涵。

现实主义意在对全局与个体行为都能作出胸有成竹的解释。但是，无论是关注国际体制的宏观模式（如修昔底德的理论）还是关注人们所谓利己主义的本性（如托马斯·霍布斯或尼可罗·马基亚维利），最终都殊途同归，结论大多带着悲观主义的色彩。在修昔底德看来，若国际体制缺乏一个统摄全局的权威，就没有一个凌驾各国之上的执法者保护他们的私利，这意味着各个国家不得为了个体利益而各谋其政。在这样的情形下，一个明智的国家或统治者就会将增强国力作为第一要务，以确保国防稳固，同时也不会轻易相信其他国家。简而言之，"强权即是公理"。

在 17 世纪霍布斯的论著中，他提出政治问题的根源在于人性。霍

布斯最为著名的论断是，人们在天性的驱动下追逐自身私利，若无政府驱使其合作，那么用他的话来说，人就会处于“自然状态”，人生将必然是“污秽、野蛮而短暂的”。因此，一个理想的政府应该使它的人民自愿放弃自然状态的自由，去换取政府提供的秩序。霍布斯提出，最有效的政府应该将国家政权的考虑置于人们利益之上。在权力与许多其他力量的驱动下，公民为了社会或国家的最大利益而非一己私利而努力工作。

由此我们不难看出，上述两种世界观虽然涉及完全不同的分析层面，实质却如出一辙。因为国家是由人们组成的，若无外力强迫，人们无法彼此信任、有效合作。在近似于相互残杀的自然状态下，国家的状态也是如此，彼此之间缺乏信任，充满恐惧，视国力为唯一的安全保障。

哈利的魔法世界里也不乏这样的现实主义者。对伏地魔和他的死忠而言，力量不仅是生活所需，还成为高尚的美德。谁拥有巨大的力量就能统治他人，因为他们能够控制别人（伏地魔在好几个场合都曾反复重述了“强权即是公理”的说法）。不过，在现实主义者看来，统治者之所以可以统治别人，是因为他们认为自己的统治是合理合法的，因为只有强权才可以强迫民众彻底地服从，脱离所谓的霍布斯状态。事实上，那位奇洛教授，也就是在书中第一位出现的伏地魔的拥趸，对现实主义立场做出了精辟的阐释。当他确认伏地魔即将复生的时候曾经说道：“我当时还是一个傻乎乎的小伙子，对善恶是非有着一套荒唐的想法。是伏地魔指出了我的错误。世界上没有什么善恶是非，只有权力，还有那些无法获取权势的无能之辈”（魔法石，291）。而当初汤姆·里德尔也正是利用了这样的策略才逐渐发展壮大起来的。汤姆仿佛得到了亨利·基辛格的亲传，他总能一步步清除异己，稳固自身势力。而且对手越显赫，反而对他就越有帮助。他这样一步步树立威望，让那些可能有策反之心的人们都心怀恐惧，不敢妄动（魔法石，55）。

里德尔不能理解的是，力量还会有其他的来源。海格曾说过，“那个神秘人最害怕的就是邓布利多”（魔法石，55），因为邓布利多显然拥有强大的力量。里德尔还忽略了哈利的力量（爱的力量），而这最终也成为他的死穴。

那么现实主义理论中的权威有何权限呢？在著名的《利维坦》中，霍布斯论述了统治者拥有绝对权威和绝对权力的理论原则。对于极端现实主义者而言，只有权力的减损才可能合法地免除一个人的统治地位，因为他不再有能力行使绝对的统治权。

当然，在哈利的世界里，伏地魔并不是唯一的现实主义者。在听说“神秘人”之前，哈利早已见识了另一种类似的自然状态：学校。别忘了，“在学校里，哈利没有一个朋友。大家都知道，达力一伙最恨的就是穿松松垮垮的旧衣服、戴一副破碎眼镜的怪人哈利·波特。谁也不愿意去跟达力一伙作对”（魔法石，30）。

有些人认为拥有强权就可以统治他人，这类人往往依赖胁迫手段才能进行统治。这就是为什么伏地魔一心想要控制魔法部里最有力的统治工具，包括对摄魂怪的控制。在哈利五年级的时候，哈利与秋曾留意到，当阿兹卡班监狱发生大越狱后，原先在霍格莫德村里游荡的摄魂怪都不见了。他们曾议论说，“但想起来这个现象的确耐人寻味。他们不仅让食死徒逃掉了，而且还不积极搜捕他们……他们现在好像真的脱离了魔法部的控制”（凤凰社，558）。

权力承袭

对于生活在英美自由民主国家的麻瓜们来说，那些极端主义政府看起来都大同小异。不过，至少在古典时代，有些统治者声称统治的权利并非直接基于权力，而是天赋神授。获自承袭的统治权最初是基于“君权神授”的思想，即认为某些家族被赋予了神权，或者是神灵的子嗣。正如教皇声称自己是上帝所指派的庇护人，专责地球上的宗教问题，王公诸侯也各自声称自己是上帝所指派来管理世俗问题的专员。照此逻辑，世袭君主在理论上就拥有了地球上的无上权力——既然上帝选择了他们，子民们如何能够妄议王权呢？不过，这一理论也只是在名义上存在过短暂的一段时间，主要是基于罗马律令与圣经律法，其先行者可追溯至亚述帝国。但在英国内战后，这个理论在英国即遭摒弃。而在美国革命与法国革命以及启蒙时期之后，在整个欧洲都甚少有人将此视为权力合法性的依据。

古代的人们通常认为血统与家族深藏奥义，也笃信神灵的庇佑。为了确认这一点，统治者往往编造出一些天意神授的物证，例如亚瑟王曾经从湖中仙女手中获得圣剑的传说故事。

和其他形式的专制主义一样，早期的君主制政权总是认为世界充满威胁，草民只能仰赖一个强有力的统治者来应对内忧外患。君主们对此深信不疑，而这一想法恰好也巩固了他们的统治。例如，在英国，特别是阿尔弗雷德大帝统治时期，一波又一波盎格鲁人、撒克逊人、朱特人和维京人源源不断地侵扰着沿海国境，这其实也巩固了君主对领土的统治。不少人都认为政府最基本的责任就是抵御国土威胁，在这种情形下就连铁腕统治也会变得天经地义。

神授的权威虽然看似不受任何限制，可除了君主本人，其他大多数支持君权神授的人都必须承认，当君主无能或失去了统治能力，那也应该免除其君主地位。当然，至少在宗教改革以前，只有教皇才有权罢免君主，而这一做法实际上是对君权神授思想的巩固而非动摇。

当然，君主制还得依赖一整套封建效忠的社会体系，而这也是世袭的。这就形成了一个贵族阶级，他们在道德上和物质上都直接支持君权。

在哈利的世界里，世袭制当然也是存在的。随着小说情节的推进，世袭制的形式也越来越正规。尽管布莱克家族和马尔福家族的权势一部分来自他们的财富，但是对于那些极度重视纯正血统的人来说，他们这些家族的血缘才是真正重要的。无论在魔法部还是在霍格沃茨学校董事会，卢修斯都颇具影响力，甚至可以影响邓布利多的解职以及巴克比克的处决。他的影响力固然大部分来自于财富，但他的财富源于家庭出身而非个人努力。像德拉科这样年轻的巫师自幼就认为，他们与生俱来就享有某种优势与特权，其中也包括他们应该享受的教育。正如哈利读二年级时德拉科曾经说，“老爸总是说，让邓布利多当校长是这个学校碰到的最倒霉的事。他喜欢麻瓜。一个体面的校长绝不会让克里维那样的笨蛋进学校”（密室，222）。德拉科还坚信自己被赋予了某种权力地位，而他的父亲卢修斯帮助德拉科进入魁地奇队并成为级长，这些事都强化了他心中的这种信念。此外，这种赋权感还让德拉科觉得自己可以滥用权力，甚至还乐此不疲。他还相信自己也继承了免受责罚的豁免权，当其他同学不得不接受老师关禁闭的处分时，德拉科却跟着海格去禁林，还老大不情愿地嘟囔着“进这里干事是佣人的差事，不是学生干的……如果我父亲知道我在干这个……”（魔法石，250）。

同样，很多人都相信小天狼星肯定与伏地魔有所勾结，因为他来自一个历史悠久、颇有威望且血统纯正的巫师家族，而且几乎他所有的家庭成员都是伏地魔的拥趸。

寡头政治

17 世纪和 18 世纪发生了政治革命与哲学革命，此后大多数西方国家中仍存在着明显的社会分层。社会与政治的优势地位以前是由世袭贵族所独占，现在却越来越多地被新兴的贸易商/制造商所构成的精英阶层所占有。资本主义制度创造了一个全新的资产阶级，但这并非一个整齐划一的群体，其中既有小本生意人，也有大公司大工厂的老板。不过，资产阶级毕竟形成了某种中间地带，一头连接着旧制度下拥有土地的贵族与皇室，另一头则连接着以往的农民/农奴/小农场主阶级。此外，随着工业革命在世界各地的兴起与传播，这个新兴的中产阶级的规模也在不断壮大，财富与权势也日益显赫。

在这样一个新兴阶级中，社会关系与名望依然重要，但不再是关键要素。纯粹的金钱，即使不涉及任何贵族头衔与血统，有时也足以获得权势地位，而这在以前是不可能发生的。此外，金钱有时还能买来头衔，借此获得那些传统意义上的社会威望及其带来的利益。

在魔法世界里，纯血统巫师的权力似乎更多地取决于他们的财富而非显赫的头衔或家世。当然在格里莫广场这样的地方依然不乏布莱克家族曾经富有与辉煌的印记，而马尔福一家则更多地让我们认识到，单凭财富也可以带来天经地义的权势威望。在麻瓜的历史上，那些新兴阶层的人们对权力的合法性提出新的见解，他们认为自己的思想优于以往世袭权力的旧思想。这个新兴的富有的阶级认为，一些人通过创造财富与制造商品来证明自己更加聪明，因而也更适合统治他人，因为他们的能力优于那些仅仅依靠世袭获得权力的人。

工业主义、资本主义和科技发展往往相伴而来。因此，早期资本主义的许多拥护者都认为，获取利润非但不是不道德的（他们曾遭受此类指责），反而是创新所得的合理报酬，也是鼓励其他人进行创新的重要动力。当自然选择学说在19世纪广为流行的时候，新的资本主义者将物种竞争有助于生物进化的科学结论延伸至社会领域。他们提出，经济成功及随之获得的财富是优质工程、精美设计或高效生产所带来的“自然”结果。正是基于这样的理论，早期的行业大亨们便认定自己在经济领域的成就自然意味着他们在政治领域也拥有统治他人的自然权力。

在如此世界观的影响下，旧有的政治结构不免遭人诟病，被认为是陈腐过时，并应被新的形势所“取代”。在社会达尔文主义者看来，政府的首要目标不再是建立社会秩序。正好相反，过度的社会秩序也许会成为竞争与创新的障碍。因此，许多人渐渐认为政府应该保障竞争中的公平与自由，而非简单地维护社会秩序。

在后面一章中，我们会具体探讨物质方面的成就在魔法世界中的意义，在本章中，我们将首先考虑财富因素如何影响到人们对于权力合法性的思考。简单回顾一下哈利的世界，我们很快就能发现财富在那个世界有着举足轻重的作用。对角巷里最宏伟显赫的建筑是什么？当然是古灵阁，当哈利第一眼见到那栋建筑时就感到惊异不已。

若我们还想进一步确认，在魔法世界里仅仅血统纯正是不够的，那我们只需看看韦斯莱一家就够了。他们全家都是纯血魔法师，可血统给他们带来的唯一优势不过就是不必背负“泥巴种”的污名，在伏地魔掌控魔法部并开始对麻瓜出身的魔法师进行迫害期间免受牵连。除此之外，马尔福一家和其他的纯血魔法师对韦斯莱一家总是刻意挑衅百般折磨，原因就在于他们家境贫寒，把家庭美满看得高于财富权势，而且因为与麻瓜交好而被认定是“纯血的叛徒”。血统纯正的马尔福一家觉得韦斯莱一家不够识相，成为“巫师中的败类”（密室，62）。

德拉科与他父亲如出一辙，每次见到罗恩出丑都会百般嘲弄讽刺：

> “莫非你不知道?”他高兴地说，“你爸爸和你哥哥都在魔法部工作，你居然会不知道？我的天哪，我爸爸好久以前就告诉我了……是听康奈利·福吉说的。反正，爸爸接触的都是魔法部的高层人物……大概你爸爸的级别太低了，没有权利知道，韦斯莱……对，是这样……他们大概从不在他面前谈论重要的话题。”（火焰杯，169）

不难看出，这种“贵族特权”在马尔福一家人心中根植至深。即便当他们家族的权势与名望一落千丈，全家人蒙受羞辱、禁锢和折磨，失去了魔杖，甚至与死神擦肩而过时，他们仍习惯在自己家中保持权威、发号施令。他们认为既然是自己的房子，那自然就是房子的主人。正因为这样的心理，当贝拉特里克斯想插手把哈利移送给伏地魔的时候，纳西莎忽然一反常态，拦住她说：“这是我的家，贝拉，你不能这样发号施令”（死亡圣器，462）。

智　　慧

关于权威的基础问题，支持纯粹权力的理论与支持智慧的理论可谓同样古老悠久。在所谓“哲学王”阶级的倡导者中，最有名的要算柏拉图了。所谓哲学王就是民众依据可证智慧一致推选出来的领袖。公众意见当然未必绝对正确，因为公众并没有君王那样的能力去辨识智慧，特别是情急之下或当下所迫，民众意见更难可靠。柏拉图的思想听来有些理想主义，他坚信即使我们的世界充满威胁，或者说正因为世界充满威胁，我们才必须依赖智慧对各种资源做出最佳配置。换一种说法，如果你事无巨细地一一应对每一个麻烦，那么就可能浪费手中的资源和与人合作的机会。哲学王将深谙世界局势的微妙变化，有能力平衡各方利益，合理满足民众不同的需求。

邓布利多在很多方面就像是哲学王的化身（普林齐也曾经提及这一

点，Prinzi，2009：210）。哈利所认识的每一位明智的成年人都信任邓布利多，甚至有时候他们连自己为什么相信他也说不清楚。这一点也常常令哈利倍感沮丧。邓布利多的想法中最受哈利质疑的，也正是邓布利多自己最秘而不宣的，就是他对斯内普教授的信任。正如卢平曾经说过的，“说到底是你相不相信邓布利多的判断。我相信，所以，我信任西弗勒斯”（混血王子，332）。不过邓布利多通常并不把自己的想法告诉旁人，所以哈利对他难免心生怀疑，感到迷惑甚至萌生怨愤。

邓布利多是非常强大的魔法师，仅凭这一点就足以让伏地魔对他心怀不满却又倍感敬意。不过也只有伏地魔胆敢心怀不满，魔法世界的其他人都对邓布利多的能力充满崇敬，并希望他能够掌控大权。邓布利多正是凭借自己的智慧而非强权才成为了国际魔法联合会会长、巫师协会会长和梅林爵士团一级魔法师。

精英政治

后来的一些政治哲学家们虽然并没有摒弃智慧的重要性，却逐渐开始强调智慧与另一个要素的结合：强大的职业伦理。这种精英政治的理念与我们前面讨论过的资本主义的寡头政治不乏众多相似点，因为努力工作的理念从一开始就深深扎根于宗教改革的思想中，努力工作的态度比宿命与出生更加重要，而整个工业革命始终都高度重视生产能力。生产模式的标准化可以带来生产力的迅猛增长，人们由此受到启发，也试图在道德评判方面建立某种标准形式。这种精英政治的理念最终带来了公职部门与考核方法的标准化。尽管英国在这方面的做法尤为著名，最早由历史记载的标准化考试方案实际发生在中国的汉朝。就好像霍格沃茨学校的级长制度一样，历史上的这些制度往往力求从年幼时即开始进行甄选、培训和考核，以培养整个公职阶层。

在权力合法性的问题上，精英政治的思想是有计划有步骤地运用资本主义与社会达尔文主义的方法与思路，不仅改变政府公职人员的遴选思路与分配结构，还要改变政府日常运作的方方面面。

如果说邓布利多的执政合法性来自于他的个人智慧，但他自己更坚信勤奋工作与慎思明辨的价值（话说回来，那个让伏地魔寝食难安的预言之所以最后成真，也正是因为他对此一直坚信不疑！）。当哈利第一次见到邓布利多时，他“虽然年事已高，但总是给人一种精力充沛的感觉”（阿兹卡班的囚徒，91，罗琳曾经说过，邓布利多这个名字来自古英语中一个充满活力的单词“大黄蜂”）。哈利的世界中，至少是在英国地区，很多事情都反映出精英政治的管理理念。霍格沃茨学校的级长制度就是一个清晰的例子（我们也都知道，这一制度是为了培养未来的领袖——正好像珀西仔细研读的那本书《霍格沃茨的级长和他们离校后从事的职业》，密室，58，当然这本书也并不算冗长）。我们不难发现，一个人即使没有突出的天赋，也有可能获得一定的社会地位。福吉的经历也是很好的证明。他只是个受人操控的无能傀儡，在不少强人眼中他不过就是玩偶罢了。与福吉正好相反，斯克林杰的例子颇具教育意义。“使人立刻感觉到他是一个敏锐、强硬的家伙。首相认为他很能理解在这危急的时期，巫师界为什么希望斯克林杰而不是福吉当他们的首领”（混血王子，16）。斯克林杰不仅机智过人，作为前任傲罗办公室的领导，他更能在最困难的环境中展现个人能力，赢得民众的尊敬。

珀西自年幼时就立志进入魔法部（密室，58），而他的例子恰好反映出精英体制的局限性。他的经历说明，努力工作也可能过犹不及，你可能会因此触怒上司，甚至忘却了原本为之努力工作的基本原则。因此，罗琳想要告诉我们，即使努力工作也不能逾矩失度——朝向错误的目标而努力，或者毫无热情地一味苦干，最终可能都会迷失方向、一无所获。也就是说，精英政治应该是智慧与勤奋的结合，单纯强调任何一个方面都不能达到成功。事实上，书中有好几个不太讨喜的角色都是勤勤恳恳的工作狂。汤姆·里德尔不但是学霸，而且还担任级长并近乎完美，一直努力工作以求教授们的青睐。斯内普教授也是个不知疲倦的工作狂，自幼严于律己，力求完美，特别是他在《高级魔药制作》那本教科书上的笔记充分反映出他对实验的狂热和对学习的激情。我们也不得不承认，赫敏那股勤奋学习的劲儿也实在不怎么讨人喜欢。

哈利最初并不是个努力学习的好学生——我们也知道，他和书中许多可爱的角色（例如小天狼星和詹姆斯）多多少少都曾因贪玩而荒废了学习。但我们也应该看见，一旦哈利年岁增长，被委以重任，他便懂得排除各种干扰专心处理正事。我们也知道，尽管他内心极度不愿追查死亡圣器的下落，但他还是克服千难万险地完成了这个任务，因为他相信这是自己应该做的事情。他当然也不愿意只身前往林中空地直面伏地魔并死于他的毒手，但他也最终做到了，因为他相信只有这样才能解决所有的问题。

从精英政治到官僚政治

随着时间的推移，政府部门总会不断膨胀，这一趋势十分糟糕，却又难以改变。政府部门的膨胀一般有以下几个原因：首先，对于任何组织而言，尽管创建时的初衷是合理合法的，渐渐地总会出现一群人，他们将自身利益捆绑在组织发展上，因为组织不仅给他们提供就业，而且也让他们有了身份感。第二，所有的组织都会力求扩大资源、增强自治能力并提高威望。这一点当然有益于发展，但也不免带来一些讳莫如深的隐情，也会让一些人为了维系组织而刻意保留那些原本意在解决的问题。政府当然也有这些不良趋势，有些时候甚至可能比一般组织的情况更糟。对于这一点，我们只需了解一下任何一个成熟的民族国家中，国家政府所提供的就业占社会总就业的比例。例如在美国，政府支出占国民生产总值中的比例从 1948 年的 17.2% 一路升至 2007 年的 31.5%（当然有一部分增长是由于政府职能的扩张）。如果你喜爱英国电视剧《是，首相》或其他针对前苏联高干阶层的讽刺剧，那大概会对那些变态的机构有一个更生动的理解。

在这个意义上，魔法机构与麻瓜世界的各种机构一样，都是人性的牺牲品。珀西似乎生来就迷恋各种各样的规则，而克劳奇先生则是更加典型的官僚。他在体制内浸淫多年，苟且圆滑到分不清手段与目的，对任何其他人事都不屑一顾。罗琳在书中大可不必为他浪费笔墨，因为读者完全能想象出那种典型的官僚习性。

“腰板挺直，动作生硬，穿着一尘不染的挺括西装，戴着领带。短短的黑头发打理得一丝不乱，中间那道缝直得有点不自然。他那牙刷般狭窄的小胡子，像是比着滑尺修剪过的。他的鞋子也擦得锃亮。哈利一下子就明白珀西为什么崇拜他了。珀西一向主张严格遵守纪律，而克劳奇先生一丝不苟地遵守了麻瓜的着装纪律，他做得太地道了，简直可以冒充一个银行经理。哈利怀疑，就连弗农姨夫也难以识破他的真实身份。”（火焰杯，90）

由于缺乏外界监督，官僚主义造成的隔绝很容易滋生腐败。我们在书中也看到不少魔法部内部的利益交换，例如飞路网络可以临时开通至一个麻瓜家中（火焰杯，45）。尽管韦斯莱先生的这个小把戏看来无伤大雅，但若腐败横行，机构难免效率低下，甚至会导致政府的信任危机。这也正是以往埃及政府的陋习之一，并最终在 2011 年春导致该政府一夜倾塌。

不止一位作者专门分析过罗琳笔下的魔法部，其中巴顿的分析最为全面，“魔法部由一群自私自利的官僚所管理，他们一心只想着维护或扩张自己的权力，时常侵害大多数公众的利益”（Barton，Thomas and Snyder，35，Bryfonski，51）。巴顿认为魔法部是“百分之百的官僚机构。那里根本看不出有什么行政或立法部门，也没有选举。虽然有某种形式上的司法功能，但看似完全处于官僚结构的掌控之下，根本无法对政府行为作出独立制约”（Barton，Thomas and Snyder，35）。

基于她对魔法部的描写，巴顿与特拉维斯·普林齐都认为罗琳在政治理念上基本属于自由主义。尽管自由主义的具体定义千差万别，但英国和美国国内大多数的自由主义者都认为政府对公民个人生活的干预应该越少越好，也就是说，一个理想的政府应该保障基本的人身安全、提供必要的公共物资，但尽可能不触及公民的个人生活。大部分自由主义者认为个人自由高于一切，甚至值得为之牺牲秩序与平等。而魔法部则正好相反，雷金（2011）曾指出魔法部所插手的许多事情在麻瓜世界中属于私人领域（147）。格兰杰（2009）也发现，在伏地魔夺权后，魔法部员工采用的“冲水马桶入口”恰如其分地表明了魔法部沉沦的走势。

民主制度

民主制度也是权力合法性的依据之一，但是在哈利世界中尽管存在许多不同的权力结构，关于民主制的体现却并不多。这是一个很有意思的现象。

许多麻瓜人士总是把民主看作天经地义的理念，并不加以深思。人们一般认为，民主制度不仅包括全民公投，还包括自由公正的选举，政党与个人的真实竞争，政治竞选或其他活动门槛的相对公开，言论自由，遵循法定诉讼程序，还有其他一系列的保障。早期的民主国家与独裁国家之间有着明确的界限，民主国家不仅维护国家秩序，而且力求达到秩序和自由间的平衡。这一平衡的理念在美国宪法序言中表达得淋漓尽致。

“我们合众国人民，为建立更完善的联盟，树立正义，保障国内安宁，提供共同防务，促进公共福利，并使我们自己和后代得享自由的幸福，特为美利坚合众国制定本宪法。”

为讨论合法性问题，美国宪法中把最重要的概念写在了最前面。宪法是由“我们人民”制定，而非任何统治者、阶级、国家或政党。因此，国家主权属于人民——人民主权的思想与天赋君权的思想分庭抗礼，互不相容。

上述理念该如何解答“谁最适合统治”的问题，引发了不少争议和讨论。在“代理人”和“委托人”的问题上，有两种主要分歧。代理人应该在任何选举或行动之前揣测选民的民意，而委托人则是由选民选举产生，有智慧有能力维护选民利益。在某些特定的短期决策方面，委托人的意见可以有悖于选民意见。究其根本，统治权基于自由公正的选举结果，而参与选举的选举人应该具有充分知情权。尽管哈利因丰富的斗争经验而被选为“防御协会”的领袖，但同学们的选举是自由的，这不仅体现了精英政治的思想，也至少有着民主政治的思想。当然，在吉米·卡特这样的麻瓜界选举观察家看来，哈利他们的选举也不够完善，因为投票不是保密的。但对于“邓布利多军”的大部分成员来说，对于哈利当选这个结果，大家都很满意。

总体而言，民主政治的许多重要结构在魔法世界里都不存在。例如，政治参与的途径既不清晰也不稳定。我们都知道，公众意见对于官员而言至关重要，书中也常常提及公众意见。比如，福吉曾说过当密室的门被打开后，他别无选择只能带走海格。在哈利六年级时，福吉在持续数周的公众压力之下被解职。但究竟是谁有权将福吉解职，公众究竟如何表达民意，公众有什么途径与手段表达民意，这些问题我们都无从知晓。

我并不赞同巴顿（Bryfonski，53）所说的“民主的立法……对于民众所能感受到的政府活动毫无影响”。民众的意愿有时可能被人操纵，这也是一个基于民意的政体可能遇到的最大麻烦之一。美国心理学家和政治评论家诺姆·乔姆斯基对此曾有个著名的说法，就是“制造共识”，他也以此为题发表了自己的著作。不过此前许多新闻界和政治学界的学者们都在自己的研究中指出过这一问题。政治精英和大众媒体不仅反映信息，还有可能控制信息。对信息的控制未必会歪曲信息本身，新闻部门需要考虑的是在有限的播放时段或版面内安排不同的新闻报道。他们只需有选择地对某些事实进行报道，就可以在很大程度上影响公众对于世界政治的理解。在一个民主体制内，启蒙思想家们所设想的“掌握充分信息的公众”是无法企及的，因为没有人能花那么多时间去搜集每一个政治问题的全部相关信息。既然我们在大多数情况下只能接触二手信息，那么信息传媒的性质就变得至关重要了。

正因如此，政治精英们都试图左右公众对政治问题的看法、事件背后的原因以及最可行的措施。影响民意的目的不外乎博取官衔或成功留任，再者就是为了维护个人物质利益或其他各种私利。即使是民意领袖们自己对此也毫不讳言。甚至有不少人还认为，媒体应该成为支持政府政策的一个工具。再如美国前总统约翰逊曾在越战期间警告国内媒体“要与政府站成一队”。

熟读哈利系列故事的读者们倒不会对此感到惊讶。《预言家日报》

基本上就是魔法部的喉舌，当伏地魔东山再起后更是如此，恐怕连约翰逊听说了也会倍感振奋。报纸不仅否认伏地魔势力死灰复燃的消息，削弱哈利与邓布利多的信誉，对于有违法规常理的事件还一再敷衍搪塞。正如书中描述的那样，“‘这些日子邓布利多在部里名声扫地，知道吗？’弗雷德说，‘他们都认为他散布神秘人回来了的消息是故意制造事端。’‘爸爸说福吉明确指出，凡是与邓布利多有任何瓜葛的人都不能再待在部里。’乔治说”（凤凰社，71）。魔法部此举的动机也不难理解——福吉就是担心自己的乌纱帽而已，他怕别人看出他无法有效地防止伏地魔势力反扑，还一再对邓布利多与哈利的警告置若罔闻。

无合法性权力的例子：高级调查官

即使没有合法性，权力有时也能大行其道，哪怕只是暂时一阵子。但这样的权力大多只能依靠胁迫。多洛雷斯·乌姆里奇就任霍格沃茨的高级调查官就毫不具备我们在上文中讨论过的任何一种合法性依据。她没有任何证据证明自己是一位特别强大的女巫，我们也不知道她的家庭背景（当然从她傲慢的态度上我们可以推测她应该是纯血种，或至少佯装如此）。她颇有手段，但并没有我们通常认可的那种智慧，对个人言行的后果也毫无远见，对学生、教师与其他神奇生物的感受表现得非常麻木迟钝。当然她也从来没什么人气。她只不过披挂着浮夸的名衔，拿着福吉借给她的鸡毛当令箭，而实际上连福吉自己手中也没什么实权，只能用一些不甚民主的手段勉强支撑台面。乌姆里奇总挂在嘴边的一句话是，“我马上和魔法部长联系，他和我意见一致”（凤凰社，416）。到了最后，她的结局和麻瓜世界里大多数独断专权的领导人差不多，被暴力推翻，且无人同情。对她来说，被一群狂奔的马人逐出森林，这恐怖的感觉就好像是被美军海豹突击队击毙，或者像萨达姆·侯赛因那样仓惶避难数月后躲在地板下的蜘蛛洞中，最后却还是被揪了出来。那些仅靠恐吓威胁进行统治的人一旦失去了恐吓他人的能力，就两手空空一无所有。雷德利（167）也提出，乌姆里奇对霍格沃茨师生的管控近似于英国在新工党领导下的国家政府对某些地方政府的干涉与控制（参见Gilbert，Bryfonski，有关罗琳在作品中对布莱尔政府的评议）。

合法性的其他挑战与来源

一个国家或政府一旦让人感到虚伪，那它的合法性就会遭到最严重的侵蚀。这一点非常重要。因为哈利坦言自己曾有过与黑魔法斗争的亲身经历，他在同学们心中的权威才日益提升。反过来说，若一个人言行不一，自然会失去诚信与人心。人们很快会发现谁的意见诚实中肯值得听信，而谁的意见只是一派胡言不值一听——一旦被定性为后者，恐怕就再难翻身。即使是在亲近的人际关系中也是如此。尽管小天狼星与哈利亲如父子，也常常给他出谋划策，但哈利并不常听他的意见，因为他知道小天狼星与父亲詹姆斯在学校时总是调皮捣蛋。这一点在很大程度上削弱了小天狼星在哈利心中的权威。"'他是谁呀，来教训我不要有越轨的行为?'哈利把小天狼星的信折了起来，……有些生气地说，'他自己在学校干了那么多荒唐事!'"（火焰杯，572）。就连莫丽和斯内普有时也会出于各自的考虑而责怪小天狼星行事冲动，也难怪哈利对小天狼星会有那样的想法了。莫丽曾经对他说过，"大家都知道你做事情莽撞，小天狼星，所以邓布利多才不断提醒你待在家里"（凤凰社，89）。

在哈利的世界里，忠诚是备受称誉的美德，在敌我双方都是如此。最受人唾弃的总是那些对人毫无忠诚度的角色。伏地魔与哈利有不少相似点，而其中之一就是他们能够看清自己，并勇敢地表达自己的思想——当然两人的思想是完全不一样的。伏地魔虽然只关心他自己，却也要求他的党羽对自己绝对忠心。他在墓地复活后问的第一个问题就是"有多少人有胆量回来？……又有多少人会愚蠢地不来?"（火焰杯，645）。当他按下黑魔标记后不久，食死徒们又聚拢在伏地魔的身边，这时他再次发问："为什么这帮巫师一直不来帮助他们的主人，帮助他们宣誓要永远效忠的人?"（火焰杯，647）。

伏地魔当然也明白，恐惧并不等同于忠诚。虫尾巴希望伏地魔复活

后可以获得奖赏，但伏地魔只是冷冷地对他说，“你回到我身边，不是出于忠诚，而是因为害怕你的老朋友们”（火焰杯，649）。正因如此，小巴蒂·克劳奇才会带着自豪感地问哈利：“他是不是原谅了那些从来没有寻找过他的渣滓？那些叛徒、胆小鬼，他们连为他进阿兹卡班都不敢。那些没有信义的下贱的东西。他们有胆子带着面具在魁地奇世界杯上胡闹，但看到我发射的黑魔标记之后却一个个溜走了”（火焰杯，675）。

无论是伏地魔、哈利还是邓布利多，他们都深知忠诚的意义，不过哈利和邓布利多可以切实做到，而伏地魔的灵魂破碎不全，无法实现忠诚。这就好像假穆迪所说的，

“邓布利多看着昏迷的疯眼汉穆迪时的脸色是如此可怕，超出了哈利的想象。没有慈祥的微笑，镜片后的眼睛里没有了愉快的火花。那张苍老的脸上每一丝皱纹都带着冰冷的愤怒。邓布利多周身辐射出一种力量，就好像他在燃烧发热一样”（火焰杯，679）。

背信弃义的叛徒不仅自己会遭到报复，还可能牵连家人。当卢修斯无法成功夺取预言时，不仅他自己得进阿兹卡班，儿子德拉科也不得不承担起一个无法完成的任务，最终全家人都屈从于伏地魔，任其利用和折磨，最后还被夺取了魔杖这个最基本的权力。在哈利的世界里，权威的丧失莫过于失去魔杖。贝拉特里克斯曾经说过一句话，不亚于给卢修斯的心口刺进一刀。“你有权力……你失去了魔杖，你就没有权力了，卢修斯！”（死亡圣器，460）。

总体来说，罗琳在书中向我们展现了诸多不同的途径来获取统治他人的权力，无论是麻瓜还是巫师都一样。这些途径可以在一段时间内维系政府运作，但是只有民主制度才能真正体现罗琳作品中的核心价值，即正义与宽容。

第三章
阿兹卡班：纪律、惩罚与人权

> 若一个政府参与了以下这些独裁活动，你会作何感想：折磨说谎的孩子，在特殊设计的监狱专门剥夺囚犯心中对生活的希望，不加审问就把公民投入恐怖监狱，死刑不经过审判，权贵阶级独揽政权，治罪带有选择性，刑事审判中没有辩护律师，滥用麻醉药强迫嫌疑人认罪招供，长期监视全体公民，没有选举，也没有民主的立法程序，控制大众媒体。
>
> 摘自本杰明·巴尔顿，《哈利波特与半疯的官僚主义》

霍格沃茨学校与阿兹卡班监狱中的种种刑罚，其中的创意与残暴大概会让赫赫有名的法国施虐狂萨德侯爵也自愧不如。书中有各种惩罚或报复的手段，像钻心咒和夺魂咒这样的酷刑，当然还有像蝙蝠精魔咒和塔朗泰拉舞魔咒这样捉弄人的把戏。而在麻瓜世界里，哪怕是对付最冥顽不化的罪人，现实的手段也远不及书中所描写得那般骇人听闻。在这一点上我很赞同施瓦巴赫的意见，“无论是《英国麻瓜法》还是其他国

际人权法好像一概都不管用”，尤其违反了《欧洲人权公约第 6 议定书》与《联合国禁止酷刑公约》（Thomas and Snyder，85）。事实上还违背了《世界人权宣言》第 2 条（生存权）、第 3 条（禁止酷刑）、第 4 条（禁止奴役）、第 5 条（自由与安全的权利）和第 6 条（公正审判的权利），甚至还有更多，不胜枚举（可参见 Hall，Anatol，2003 书中的精彩讨论）。

在现实世界中，那些实施社会控制的神奇手段同样也存在于各种权力与政治统治中，它们反映出一些既古老又近切的论题，即正义如何得以声张，罪行又该如何处罚。在接下来的篇幅中，我们会考虑司法制度在创建社会秩序方面的作用，并探讨个人权益与社会权利之间的平衡。我们将讨论法定诉讼程序在实现两者平衡方面的重要性。我们会在世界人权的框架下分析法定诉讼程序的内容，并思考这一概念该如何运用在魔法师与麻瓜的世界中以解决司法和现实的问题。我们还会考虑是否可能以某种安全的方式暂停上述权利（比如当我们无法区分食死徒和无辜民众的时候）。最后我们会探讨违反世界人权的第一宗罪，那就是全球声讨的奴隶制度。

韦伯曾对政府的核心作出过一个著名的定义：“合法地使用暴力”（Weber，1919）。哈利的世界也一再提醒我们不断思考使用武力的合法性问题。使用暴力的合法性最终取决于暴力的程度，同时也受到法律法规的全局影响以及社会秩序和个人权益之间的平衡考虑。

魔法部：法律与正义的运作机构？

魔法世界和平凡世界一样，也有习惯法和成文法①。习惯法包括通常人们认可并遵守的行为准则，未必需要正规的成文法律或先例约束。在麻瓜的世界里，许多战争法都是习惯法，例如禁止袭击举白旗的投降人员。这些法律早在日内瓦公约缔结前就已存在。在魔法世界里也有一

① 注意（NB）法律的来源包括仲裁决定、宗教信条等。

些明确的准则，例如禁止使用魔法伤害或胁迫他人。邓布利多在伦敦的孤儿院里第一次见到汤姆的时候就曾经告诫过他。成文法则是由合法的国家或国际立法机关制定，是正式编纂的公共法律体系。在魔法世界里就有一些例子，如《保密法》是国际成文法，而魔法部所颁布执行的就是内部成文法。

对哈利和他的同学们而言，关系最密切的成文法就是《对未成年巫师加以合理约束法》。值得注意的是，这显然是一部内部法，但法规的其他背景不明。这可能是由魔法部长直接颁布的，也可能是在立法院投票产生的——不过并无明确证据表明立法院是否真的存在。如果真像斯内普教授挂在嘴边常说的那样，哈利就喜欢犯规逾矩制造麻烦，那他为什么要谨遵这个法令，而不是给德思礼一家一点教训并从中取乐呢？事实上，在《阿兹卡班的囚徒》一书开头，哈利用魔法让那个歹毒的玛姬姑妈像气球一样鼓胀，而后离开了女贞路的那所房子，他就已经知道“他如此严重地违反了《对未成年巫师加以合理约束法》，魔法部代表居然没有扑过来抓他，他感到很吃惊”（阿兹卡班的囚徒，31）。哈利感到害怕是有道理的，因为这个法令中蕴含着一个正常法律制度中最为核心的要素。

无论是麻瓜世界还是魔法师的世界，一个法律制度若要生效必须至少具备以下四个特点：

- 第一，必须有一整套表述清晰的法律体系，对触犯法律的判断标准有明确的规定。例如，《对未成年巫师加以合理约束法》规定未满17岁的魔法师不可以在校外使用魔法，但出于自卫原因可以例外（例如在小惠金区与摄魂怪不期而遇）。

- 第二，必须有可靠的手段确认违法行为确实发生。这就是魔法部法律执行司及其麾下众多小队的职责所在。而在我们的世界里，就是警察，或者就像《预言家日报》里所称的“金察”。

- 第三，必须有可靠的裁决方式以明确认定被告人有罪与否。在这一点上，我们的司法体制与魔法部一样都会遇到麻烦。例如魔法部法律执行司虽然可以确定有人使用了魔法，却无法判断使用者究竟是谁。结果，在《哈利·波特与密室》一册中，虽然是多比让布丁漂浮起来，哈利却因此差点被学校开除，而魔法部对此也从不认真调查。人的记忆是可以被改动的，汤姆·里德尔就精于此道。有时也可能抓错人。人们还会找各种脱罪的理由，例如一时冲动失去理智或者被夺魂咒摆布。正因为裁决过程中会出现这样的问题，我们才有必要明确制定法定诉讼程序。

- 第四，任何一个有效的司法制度都必须有惩罚制度，被定罪的罪犯必须承担一系列公平的后果。至于何谓公平，何谓过度，却非常难以确定，这与特定个人与群体的价值观是密不可分的。在我们自己的世界里，对于死刑和一些酷刑是否合理的激烈争论一直都没有停止过。

作为普遍人权的司法制度与合法诉讼程序

人权的普遍性。在魔法世界里存在“普遍”的权利吗？首先我们要弄清楚所谓普遍性是只针对魔法师，还是全体人类（比如麻瓜？麻瓜出身的巫师？魔法师家族中的哑炮?）还是能延伸至半人类（比如海格，卢平教授，还有芙蓉·德拉库尔）和其他人。正因为有了人权的概念，去人性化才显得格外危险。正如普林齐所说，权力的滥用“会导致去人性化，因为否认他人的人权本身就是不人道的。”（Prinzi，2009：78）。魔法世界中有着类人智慧的生命形态比我们真实世界中更多。像狼人和妖精这些生物有时会被剥夺部分权利，正因如此他们才会容易被伏地魔网罗，因为他许诺会将被剥夺的权利还给他们。

从法律哲学的角度而言，我们麻瓜在这一点上也算是幸运的了。倘若认为所有的权利都是人类普遍共享的，这想法未免幼稚可笑，但我们至少可以提出“普遍人权”这个概念，而且其内涵是可以明确界定的。至于这个普遍人权具体包括哪些普遍权利，这就是另外一个问题了。

“普遍人权”这个说法通常可以追溯到1948年联合国所颁布的《世界人权宣言》。当时的世界刚刚经历第二次世界大战的伤痛，目睹灭绝人性的大屠杀、惨绝人寰的核弹袭击和空袭打击，国际世界痛定思痛，共同商讨并起草了一项全面宣言，宣称“承认人类家庭所有成员的固有尊严及其平等且不可剥夺的权利”，该宣言是“世界自由、正义与和平的基础”（《世界人权宣言》序言）。宣言中罗列了众多的民权、政治权、经济权、社会权与文化权。不过，自宣言诞生之日起，“普遍人权”这个概念就一直备受争议。其中最著名的挑战来自于文化相对主义。笼统说来，大多数的争论都是这样一个意思：既然世界各处的人们对于国家、社会和个人之间的关系有着不同的理解，那就并不存在真正普遍的权利。我们后面还会谈到，这一观点也有一个前提，即权利是由各种关系构成的，而不是人性的结果。例如，自由选择配偶的权利其实与世界上其他一些地区的部族习俗和宗教法度正好背道而驰。在魔法世界里，我们也不难想见有人会反对将人权延伸到半人类。例如巫师有自由行动的权利，但出于现实的考虑，狼人在月圆之夜就不应该拥有自由行动的权利。

在麻瓜的世界里，许多文化相对主义者都认为，人与人之间并没有太多的相似性，所以也就没有真正普遍的人权。从法律的角度来说，人类的各种文化之间存在重大的差异，甚至并不亚于狼人与魔法师之间的差别，因此也有着各自独特的道德基础与法律制度来调和社会与个人之间的需要与权利。例如，魔法世界中有狼人行为准则（魔法石，263），同样道理，文化相对主义者认为不同文化背景的人们也需要他们自己的法律体系。

司法制度与合法诉讼程序亦是人权。目前人们日益达成一个共识，即在不同的文化与国家中，权利是平等的，法律是正义的。正好像在魔法世界中不论是狼人还是（若能如赫敏所愿）家养小精灵都能得到公平的对待。

许多拥护人权的人士都宣称人权是“不可分割的”，也就是说，没有哪一种权利比其他权利更重要，人若要活得有尊严，就必须尽享所有权利。但也有人认为，权利必须优先于合法诉讼程序。若要裁决权利（如安全生存的权利或者财产权）是否被违背，就必须依赖相关法制的正常运作，也就是要依赖合法诉讼程序。为了更好地说明这一点，我们只需想象一下，如不遵循合法诉讼程序，那会发生怎样不合理的后果。在《阿兹卡班的囚徒》一册中，最不公正的情形正是因为没有遵循合法诉讼程序才发生的。老巴蒂·克劳奇未经审讯，仅凭旁证就把小天狼星投入了阿兹卡班监狱，结果不仅是掩盖了虫尾巴的罪行，还让他逍遥法外整整十二年。值得一提的是，阿兹卡班监狱不仅在名字上，甚至在外表形式上都仿效了加利福尼亚的阿尔卡特拉斯监狱（恶魔岛监狱）。尽管司法制度缺失，哈利却依然相信合法的诉讼程序，他在尖叫棚屋里坚持要求小天狼星和卢平不要杀死虫尾巴，而是将他移送法办，投入阿兹卡班监狱。

麻瓜世界与魔法世界的法制结构

魔法世界的法律不如麻瓜的法律那么发达。雷德利猜测“魔法部因为强制推行《保密法》而受到指控，这一点也偏离了麻瓜世界里有关个人权利与政府制度的观念，同时也令魔法部的权力凌驾于普通魔法师之上”（Reagin，168）。

在魔法世界里，有两类法律对个体行为进行规约：刑法和宪法。书中有关民法的证据少之又少。

刑法就是那些保护个人权利免受他人侵犯的法律，此外，当违法行为确实发生后，还可依据刑法进行定罪与量刑。宪法则是规约政府与其公民间关系的法律体系，它保护个体公民免受政府强权的伤害。

像巴顿、雷德利和其他学者都曾指出，魔法部似乎没有受到任何正规的监督与制约。

首先，我们看不出任何权力分立的制度。尽管权力分立的概念在英国不如在美国那么神圣，但无论按照何种标准，像魔法部那样完全不受任何制约的权力都是耸人听闻的。例如，政府的行政与司法功能基本没有分离。魔法部对几乎所有违法行为进行审判，只在一定程度上通过“威森加摩”处理某些案件，而我们也并不知道“威森加摩”是否为独立机构。魔法部似乎也从不需要取得任何更高级别的合法性，而是仅凭自己的权威就足以为所欲为（包括霍顿在内的不少学者也都注意到了这个问题）。据我们所知，司法机关对于行政机关只发挥了微乎其微的制约作用，而根本没有立法机关可以对其他部门的权力进行制约。法律看来也不过就是亚瑟·韦斯莱那样的公务员简单写就的政府文书而已。我们都知道亚瑟秉性正直，但即使像他那样的好人也难免出于自己的偏好而书写法律，那其他的公务员又会怎么做呢？正因如此，福吉在哈利的审判结束后说“哦，但法律是可以被改变的”（凤凰社，149)，他的意思是说法律不仅随时可以被改变，而且可以被任何人改变。不过，尽管魔法部不受任何制约，却还是没有能力执行现代国家的一些重要功能，例如保障公正的社会关系。魔法部“也许可以作为抵御纯血种魔法师的保护伞，但一些男女巫师的魔法能力也时常可以超越魔法部的管辖”(Folker and Folker，Nexon and Neumann，115)。

在魔法部内部，似乎也没有官员任命、解雇和升职的相关信息。在大多数人看来，似乎是魔法部在决定聘任与升职等人事管理，也许还会征求资深职员（更可能的是有钱的朋友）的意见（Thomas and Snyder，12－13)。罗琳笔下的魔法部部长则体现了政府诸多恶劣的特点。甚至连部长的名字都别有用意。“福吉”一词带有虚伪不实的涵义，而他的中名“奥斯瓦尔德”又正好与英国国家党前党魁的名字相同。总之，至少乍一看，魔法政府似乎只能维持最低限度的法制与秩序，但是“却也在朦胧间反映出麻瓜政府的形象”(Folker and Folker，Nexon and Neumann，115)。

更重要的是，我们也不知道魔法世界里的个人权利是否有所保障。这个世界居然有《威森加摩权力法案》，有学者认为这大概近似于美国或英国的人权法案，但事实上我们对其中具体的内容一无所知。法案中没有明确列出各项权利，乐观的解释可能是，权利不必一一列出，因为“魔法世界中的权力最终来自于个体自己的能力”(Folker and Folker，Nexon and Neumann，115)。

与合法诉讼程序非直接相关的民权与自由

集会的权利。《凤凰社》一册中所描写的大部分活动都涉及乌姆里奇对“邓布利多军”（简称 DA）的集会权的干涉。正如莫里斯和卡罗所指出的那样，既然 DA 的活动并未干扰到其他任何学校活动，“如果霍格沃茨是一个公立学校，那么《第二十四号教育法案》就完全没有效力，因此不能阻碍 DA 的集会。不过，若霍格沃茨是一个私立学校，那校方确实有权阻止学生集会，哪怕是和平集会也不行。”

合法诉讼程序。麻瓜法律中“合法诉讼程序”的理念可以追溯到《大宪章》（1215），英王约翰一世曾许诺“任何自由人，如未经依法裁判，或经国法判决，皆不得被逮捕、监禁、没收财产、剥夺法律保护权、流放或加以任何其他伤害”（《大宪章》第 29 条）。此后，该理念已然成为西方各个法学流派所尊崇的金科玉律，也成为英美和其他西方民主国家民法的神圣内核。合法诉讼程序的理念几经发展，其中所包含的有关被告人应有权利体系的内容，较魔法世界中更加完善和全面：

- 法律面前人人平等
- 无罪推定原则
- 人身保护权
- 禁止自证其罪原则
- 禁止重复追诉原则
- 取证手段的规定
- 快速审判权
- 为自己抗辩的权利
- 接受陪审团审判的权利
- 量刑的规定
- 禁止酷刑和非常刑罚的规定

我们在魔法世界里似乎找不到有关禁止重复追诉的证据，却不难窥见上述其他条件的性质与功能，它们都涉及法律与权威能否在社会中合理合法地运作。

法律面前人人平等。这一点基本可以算作是合法诉讼程序中最为重要的方面，同时却也是最常遭到违背的原则。汤姆·里德尔之所以可以一再逃脱罪行，原因之一就是他非常善于找人替罪。他屡次得逞不仅仅是因为能够熟练运用记忆魔咒，而且他选择的替罪羊总是很容易招致怀疑。莫芬，也就是汤姆的舅舅，还有郝琪，也就是赫普兹巴·史密斯家的小精灵，他们在魔法世界的法律体制中本来就处于不利的位置。

那些人如何招致犯罪嫌疑，其实并不难理解。莫芬曾有袭击麻瓜的前科，甚至也曾袭击过被害人一家。家养小精灵则是属于奴隶阶级，通常被视作“神奇生物”而不是巫师。我们因此认为，他们似乎受制于一个完全不同的法律与纪律体系。

不过，在有着悠久法学传统的社会里，这种不平等的状况是无法令人接受的。其中最重要的理由是，法律体系必须得到系统地贯彻实施，才能具备合法性。人们对这一点已经达成了共识。法律面前人人平等不仅写进了美国《独立宣言》（1776 年）和美国宪法（1787 年及后来的修正案），也被写进了法国的《人权与公民权利宣言》（1789 年）。不过，在 18 世纪后期的社会环境中，所谓平等其实也就是针对很小的一部分人。因此，才有必要制定后面的一系列宪法修正案和相关法律，以保证法律上的平等能够成为实际的平等。

在这一点上，麻瓜的境遇要比巫师更好一些。每当我们说起法律面前人人平等，基本上指的都是人类的平等。但魔法世界中还有许多种不同的生物都拥有接近人类的智慧，这就让情况变得更加复杂了。有人也许会认为，法律面前人人平等的原则不能延用在其他神奇生物上，哪怕他们拥有类似人类的智慧。他们的理由是，人类、非人类和混血种之间确实存在明显的差异。

尽管如此，我们还是有理由认定法律面前确实存在平等，因为没有平等就没有正义，里德尔一家或赫普兹巴·史密斯一家就会枉死，而汤姆那样的凶手就会逍遥法外。当然，如果法律制度本身遭到腐蚀，私人关系或者物质利益逐步渗透并影响决策过程，那么法律前面不平等的情况就会变得微妙而险恶。例如，在《阿兹卡班的囚徒》中，我们都看得出来，处理巴克比克的听证会肯定受到了卢修斯·马尔福的影响，因为是卢修斯提出了控诉，而巴克比克的辩护人是海格。在这件事上，马尔福在三个方面都占据着很不公正的优势：因“慷慨的捐赠”而享有的物质影响力；他与行刑者麦克尼尔的私交；以及海格的巨人血统。我们并不能确定委员会在这时是否已经注意到海格的血统（后来是丽塔·

斯基特把这事“挖”了出来)，但无论海格如何抗辩，处置危险动物委员会都不可能对他产生同情。

有些讽刺的是，就算司法程序能够给予马尔福和海格平等的机会，海格还是会处于一种事实上的劣势地位，因为我们都知道，海格的巨人血统很可能会影响到他的智力能力。同样的，麻瓜法庭虽然声称法律上的公平，但往往无法考虑到庭前各人其实并不具备完全平等的能力。例如，我们自己的司法过程经常忽略了一些智力残障人士的特殊情况，他们的智能可能会影响到对他们的定罪与合理量刑。在美国的法庭，如果受审人是海格而不是鹰头马，那么辩护律师可能会引述海格的缺陷和作为孤儿的种种劣势，以期赢得法庭的一些同情。

无罪推定与合理怀疑的原则。巴克比克案还涉及合法诉讼程序的第二项关键要素：无罪推定原罪。无论是在英国普通法中，还是在此基础上发展而来的美国的司法系统中，无罪推定原则都包括两个主要的要求：一是举证责任由控诉方承担，二是排除合理怀疑的定罪证据（在其他一些法律制度中，或者在美国法律的其他阶段，如取得搜查许可证阶段，会采取较低的取证标准，例如“合理嫌疑”)。

在巴克比克案中，鉴于邓布利多的影响，董事们并没有怪罪海格，但巴克比克必须治罪，而且不是送交给普通的神奇生物委员会，而是送交处置危险动物委员会。这个机构不仅名字听起来就十分凶险，还把行刑日期定在希特勒的生日当天！这个名字本身就把裁决与宣判混为一谈，甚至当未经证实就将巴克比克定性为危险生物。我们无法知晓马尔福究竟对委员会说了些什么，但从我们对巴克比克的天性的了解，若在听证会上旁人对他以礼相待，那么委员会的成员们很有可能对他被控的罪行提出“合理怀疑”。

正因如此，驻扎在阿兹卡班监狱外的摄魂怪会带来许多问题。未经审判的嫌疑人很容易遭遇摄魂怪，而他们才不会理会那些人究竟是有罪还是无辜（所以他们才会一而再再而三地袭击哈利)。若没有机会通过合法程序确定受害人是否有罪，这种情形下使用摄魂怪来对付他人的做法就是极不恰当的。

莫里斯和卡罗还指出，在哈利的审判中，他不仅拥有代表权，也有举证权，由此作为判断是否有罪的依据。不过“福吉未经审讯就已判哈利有罪，并企图影响威森加摩其他成员的判断。他这样的行为其实是受到了魔法部未经证实的结论的影响”。

人身保护权。在莫芬奄奄一息之时，邓布利多用自己的办法找出了真相：原来杀害里德尔一家的凶手并不是他，而是汤姆。邓布利多试图用莫芬头脑中真实的记忆作为证据，将他从阿兹卡班监狱中解救出来。向法院要求获得人身保护权（habeus corpus 的拉丁文意思为“拥有身体”），这是普通法中最古老的条款之一，至少可以追溯至《大宪章》。这其中也包含了囚犯要求案件复审的权利，通常是有人认为在第一次案件审理时没有遵循合法诉讼程序，才会要求复审。这是合法诉讼程序中最基本、最重要的成分，当其他成分遭到违反的时候，这一条可能作为弥补，也算是最后的补救手段。

在魔法世界里这一原则仅在有限的范围内被遵守，而一旦缺失就会造成正义流产。例如，邓布利多无法赶在莫芬死前将他从阿兹卡班的监狱中解救出来，我们不免怀疑，鉴于莫芬以往针对麻瓜所犯的累累前科以及他明显的心智缺陷，他在整个法律体系中本来就处于很不利的位置，甚至对他的处罚也不会因此减轻，所以邓布利多的解救方案可谓难上加难。

禁止自证其罪原则。魔法世界里的记忆可以被改变，甚至可能被虚假的记忆取代。在夺魂咒的作用下，大多数巫师都无法对自己的行为完全负责，在这样的情形下，禁止自证其罪的原则就显得至关重要了。在麻瓜世界中的许多民主国家里，这一原则都被写进了基本法（例如美国宪法第五修正案），以确保任何人“不得在任何刑事案件中被迫自证其罪”。

但如我们在书中所见，魔法世界却没有提供这类保护。没有人对莫芬或郝琪的记忆进行鉴定以确保不曾遭到改变，这一疏漏在一定程度上源自对他们固有的偏见。令人啼笑皆非的是，人们最常用的无罪辩护恰恰又无法得到客观验证，即违法行为是受到了夺魂咒的影响。至于这一辩护能否获得认可，则取决于辩护人的地位与影响力，这也就进一步体现出法律面前的平等对于司法体系的运作与合法性而言是多么重要。

快速审判。人们对人身保护权的重视来自于历史上众多悲剧带来的教训。在不少案例中，法律程序非但不是用来维护社会秩序与实现公正的，反而被用于特定的政治目的，将政治犯无限期拘禁而不进行任何审判。最惨烈的案例包括西班牙的宗教法庭，亚伯拉罕·林肯在美国南北战争期间取消了“人身保护权”，以及美国反恐“战争”期间依据《军事委员会法》否认拘禁犯的“人身保护权”。

按照魔法世界的法律，犯人常常不经任何审判，也无明确的审判安排，就被投入阿兹卡班监狱，在那里受到各种惩罚与折磨。海格就是一例，他在阿兹卡班监狱被关押数月，仅仅是因为五十多年前曾涉嫌开启密室的大门。在《凤凰社》一书末尾，魔法部还试图将邓布利多羁押入狱，“听候审判”，而事实上根本没人知道何时才会有审判。全书最严重的案例当属小天狼星，他未经审判就在阿兹卡班坐了十三年的冤狱。在这一点上我认同菲什曼的观点（Thomas and Snyder，124），现实世界中的许多监狱同样能够摧毁一个人的希望与欢乐，其恐怖效果丝毫不亚于书中的摄魂怪。

从另一方面来讲，过于快速的审判也是有违公正的。哈利的听证会在最后时刻才忽然提前，让哈利和邓布利多险些错过了听证会，也差点因此失去为自己辩护的机会。若这样的情况发生在麻瓜的法庭，而当事人又被判有罪，那么他有权要求重新审判，以示公正。

取证手段的规定。在莫芬和郝琪的案件中我们已经发现不少有违合法诉讼程序的问题。其中最严重的问题在于指控罪行的关键证据是他们自己的供词，而由于他们被植入了虚假的记忆，所以证据本身是有污点的。公正的审判应该依赖控罪证据的数量与质量。而证据的质量又取决于取证的方式和手段。

麻瓜世界中的被告不太会拥有谋杀行为的虚假记忆，但还有许多其他的手段可以让人作出虚假的供词。这些手段包括酷刑折磨、宽大处理的哄骗或者“坦白从宽”的交易（即认同较轻的指控以换取轻判）。

事实上，上述手段在魔法世界中也都出现过。我们知道，有规定禁止对霍格沃茨的学生使用吐真剂，而美国也有类似的法律禁止在司法调查中使用“吐真剂”。斯内普教授和乌姆里奇都曾希望能用吐真剂让哈利开口，就连邓布利多都曾用这个方法对付过小巴蒂·克劳奇。无论是在魔法的世界还是现实世界，酷刑都可能迫使人们陷入疯狂。像智利的奥古斯托·皮诺切特，还有柬埔寨的波尔布特，这些施虐成狂的独裁者总能够逼迫受害人说出一切，效果丝毫也不亚于钻心咒。麻瓜们无法拥有斯内普摄神取念的法力，可审讯官们却精于各种读心术，从被告的言行中参透蛛丝马迹，并得出结论。不过，审讯官们并不会摄神取念，他们的读心术有时就像是西比尔·特里劳尼的茶叶那样牵强，因此，这些麻瓜审讯官们难免会作出错误的结论。

有时候证据也会被污染。例如，美国宪法第四修正案中明确禁止“不合理的搜查和扣押”，这是因为在殖民时期往往是出于政治而非取证的目的而进行不合理的搜查。不过，第四修正案的保护措施也时有发生——例如，为了对付如黑豹党那样的社会运动组织，警察会采取一些统一行动。因此，第四修正案要求搜查和扣押“必须依照合理根据，以宣誓或代誓宣言保证，并具体说明搜查地点和扣押的人或物”，同时也禁止秘密搜查。

不过即使在美国，上述保证也时常遭到违反。在魔法世界有关的保障也是相对薄弱的。在《密室》一书中，哈利目睹卢修斯在博金—博克店的交易后，亚瑟·韦斯莱就去搜查了马尔福的豪宅。事后亚瑟告诉哈利，正是因为他的情报才进行了这次搜查。不过一些民权领袖一定会质疑，一个 13 岁男孩道听途说得来的小道消息怎么能算作“合理根据”呢。若在麻瓜的世界，亚瑟就得需要一张搜查许可证，除非有其他例外情况，否则取证就不会在审讯中被采纳。

证据的质量不仅取决于举证的方式，还有赖于证据自身的性质。在证据上最重要的区分是直接证据与间接证据。在哈利的世界里，间接证据在很大程度上依赖于判断力，这一区分就显得更为重要。间接证据与直接证据的区别在于，间接证据在一定程度上脱离了对事件本身的观察。若有目击者亲眼看到巫师用咒语打击对手，便可提供直接证据：“我看见蒙顿格斯·弗莱奇用魔杖指向阿拉贝拉·费格，并说出了软腿咒，然后我看到费格太太就无法正常站立了”。若目击者只看到有行为发生过的证据，却并未目睹这一行动，就只能算作是间接证据。例如，如果目击者目睹蒙顿格斯用咒语威胁费格太太后离开，后来又见到费格太太无法正常站立，这就成为蒙顿格斯使用咒语的间接证据。

上述例子意在说明，在司法程序中，间接证据与直接证据不应被赋予相同的分量。但无论是魔法部还是哈利和他的朋友们，甚至是邓布利多，几乎每个人都是在间接证据的基础上作出判断的。在《阿兹卡班的囚徒》一书中，在事关身份认定的核心案件中，虫尾巴狡猾地制造出一些间接证据，导致小天狼星被定罪，将自己在波特谋杀案和此后其他的麻瓜谋杀案中的嫌疑洗脱干净。事实上并没有人亲眼目睹案件发生，但小天狼星当时站在凶案现场，而虫尾巴在现场仅留下一截指头，这些似乎就成了给小天狼星定罪的强有力的间接证据（阿兹卡班的囚徒，207—209）。除了卢平和小天狼星以外，再没有人知晓虫尾巴阿尼马格斯的能力，他的诡计也就显得尤其可信了。他制造出来的间接证据让人深信不疑，甚至也影响到人们对整个事件的理解与看法。例如，就在谋杀发生后，海格在波特家看到了小天狼星，却就此认为他一定是有罪，而非仅仅是前来哀悼（阿兹卡班的囚徒，207）。

其他人也使用过间接证据。在审问虫尾巴的时候，卢平就认为，一个无辜的人变作老鼠生活十三年，这实在太有悖常理（阿兹卡班的囚徒，369）。邓布利多也曾说过小天狼星从未“表现得像个清白无罪的人”（阿兹卡班的囚徒，392）。仅凭间接证据也足以令克劳奇发现黑魔标记后解雇闪闪，可我们后来发现，克劳奇对闪闪的失望也许来自其他的原因。

不过，在证据方面我们还遵循着另一个基本原则——被告人应该被允许听取对自己不利的证据（如美国宪法第六修正案中的规定）。尽管有时这一原则的措辞意在引导陪审团（火焰杯，595），我们还是看到不少被告列席自己的审判，并听取对自己控罪的证据。在另一方面，我们并不一定知道原告是谁，有时也不免疑惑卡卡洛夫是否应该亲自出庭为他所指认的食死徒作证（火焰杯，332，587）。

为自己抗辩的权利。这可能是合法诉讼程序所有条款中最基本的一条——也有人说这一点太过基本，所以在美国或英国的权利法案中甚至都未明确提及。不过我们也发现，在哈利的世界里，至少有两个核心案件都未遵循这一条款：一是关于哈利自己未成年使用魔法的听证会，另一个就是小巴蒂·克劳奇的审判。这两个案件都不能被看作“正常”的审判——哈利的只不过是一场纪律处分的听证会，而小巴蒂·克劳奇的审判是在战争情况下进行的，许多合法诉讼程序的正常规则都被取消了。尽管如此，在两个案件中，被告不仅都失去了合理陈述的权利，更是被剥夺了为自己辩护的合理空间。所幸的是，在几次被福吉打断后，哈利最终还是为自己作出了抗辩。

接受陪审团审判的权利。刑事诉讼中接受由同侪组成的陪审团的审判，是西方法学的基石，也是为了确保有罪或无罪的判决不会成为政治奖赏或政治迫害。在讨论陪审团审判之前，我们需事先说明，有时当事人未经任何审判就遭到拘禁，这种情况严重违背了国内或国际法律与规范（与此相关的讨论可参见 Hall，Anatol，2003）。

陪审团审判制度在魔法世界里是正义的核心，但陪审团的具体组成却千差万别。在有些情况下，最后判决是由威森加摩全体成员作出的（例如在《凤凰社》中对哈利的违纪听证会），而在有些情况下，却是由其他陪审团作出判决。例如，哈利在邓布利多的冥想盆里旁观了好几宗有关食死徒的判决。尽管威森加摩的角色近似于现实中的最高法院，但这似乎也是我们所见的唯一的法院，从谋杀罪审判到未成年魔法师的违纪处理，事无巨细，一并在此处理。也许英国的魔法社会自身规模有限，所以法院系统也较为简单。不过，在不同案件中出现不同的陪审团似乎也表明，只有在情节特别严重的案件中，被告才可能受到同侪陪审团的审判。至于这样的做法是否能够确保正义的客观分配，这就很值得怀疑了，因为我们看到，至少有两次，法官并不仅仅对陪审团提出指导，而是明目张胆地以个人意见左右陪审团的立场。第一次是在哈利的违纪听证会上，福吉刻意诽谤，质疑哈利目睹摄魂怪的证词，试图损害哈利的信誉。第二次是在小巴蒂·克劳奇与莱斯特兰的审判中，老克劳奇“请陪审团表决，和我一样认为这些罪行应当被判处在阿兹卡班终身监禁的，请举手！”（火焰杯，595）。老克劳奇把这场审判演变成一场秀，也许有人会认为这样的审判还不如没有，因为这是对合法法律程序的亵渎与嘲弄。

量刑的规定。在西方法学界，刑事诉讼中的判决与量刑阶段是分开进行的，这是因为在任何正常的法律体系中，判决与处罚是相互区别的两个概念。将这两者区别开来的基本依据是，有时罪行发生的具体情境可以要求从轻量刑，但这一点与有罪或无罪的判决并不是同一个问题。例如，若要判定哈利是否确实在木兰花路使用了呼神护卫咒，这一点并非难事，只需确定是否有人使用了呼神护卫咒，以及当时是否还有其他魔法师在附近地区活动（当然这些也都只是间接证据而已）。可具体量刑就更加复杂了，这包括罪行发生时的具体情境，关键一点就是当时摄魂怪之吻的伤害已经近在咫尺。从这一例中我们不难看出为什么要把判决和量刑两件事情分开处理。

不过在魔法世界里，这两件事却又常常被当作单一法律程序来处理。例如，莱斯特兰和小巴蒂·克劳奇的审判不仅要判决他们的罪行，而且也要量刑。事实上，当时他们还并未被定罪，可巴蒂·克劳奇仍然要求陪审团作出裁决，事实上他想听见的是最后的量刑而不仅仅是裁决。

禁止酷刑和非常刑罚的规定。我很赞同约翰·格兰杰（2007：175）的观点，“没有人对罗琳笔下所描述的法庭和牢狱状况提出过异议”正反映出了当代监狱的悲惨现实。这恐怕是合法诉讼程序中最难处理的部分，因为所谓“残酷”和“非常”这些词的含义在不同的情境中会有所不同。话说回来，从一个人的嘴巴里吸走他的灵魂，这样的做法若不算酷刑和非常刑法，那其他还能有什么算得上呢？事实上，罗琳自已也曾说过，“使用摄魂怪正是魔法部深层腐朽的一个标志”（Wolusky，40）。

合法诉讼程序的最后一个成分涉及一个正常司法体制必须完成的第四个任务，也就是明确违法行为的后果并进行处罚。禁止酷刑和非常刑罚的规定乍一看似乎已经获得了广泛和一致的接受。这一思想已经被写入一系列西方民权法典中，包括英国民权法案、美国宪法、《世界人权宣言》以及《欧洲人权公约》。美国在这方面有一点特别，即强调“酷刑和非常刑罚”中“和”的概念，理论上，不论是使用酷刑还是非常刑罚都应该接受惩罚。

然而在事实上，合法诉讼程序的这部分内容比其他内容受到更严格的约束，这是因为对“何为残酷”的问题，不同的文化与个人总会有着不同的判断。当然，何谓“非常”也往往是相对而言、因情境而异的概念。例如，摄取魂魄毋庸置疑是一种酷刑，即便在魔法世界里也是如此，但却未必是不寻常的。同样道理，像车裂、凌迟这样令人发指的酷刑也曾经是麻瓜世界里不足为奇的事情。

法学家曾试图拟定一些经验法则来明确界定特定情况下的酷刑与非常刑罚。这其中最著名的原则是由美国最高法院威廉·布伦南在处理弗曼诉佐治亚州一案期间提出的（408 US 238，1972）。对于法院而言，最重要的问题是死刑本身是否违反了美国宪法第八修正案（其中就含有禁止酷刑和非常刑罚的规定）。根据布伦南的界定，酷刑包含四个方面的内容，若某一惩罚形式包含任何一个方面，则被视为有违宪法。这四个方面是：（1）处罚极其严重，以致有损人格尊严；（2）任意实施刑罚；（3）受到全社会明确而全面的反对；（4）完全没有实施的必要。这些量刑原则自身当然也存在不少问题，不过我们至少能以此为起点，对魔法世界的惩罚机制与形式展开分析。

我们在此也不妨追问一下，魔法世界的法理原则背后究竟有着怎样一套哲学理念？在现代刑法审判中，最主要的论争之一就是围绕着量刑的目的。量刑是为了惩罚过去的行为，遏制未来的行为，改造个体，还是兼而有之？食死徒们所受的惩罚不仅是他们以往犯下罪行的后果，也是对他们将来行为的威慑（Fishman，Thomas and Snyder，124）。从大多数魔法师有关阿兹卡班监狱的谈话中，我们可以明确看出其中的威慑效果。正如斯托弗所说，“人们往往忽略了其中补偿与改造的作用，反而关注于震慑和摧毁的功能”（209）。

不过，根据我们上述的四条标准，这种震慑和摧毁的功能可否算作是酷刑与非常刑罚呢？也许有人认为惩罚本来就是有损人格尊严的，正因如此，惩罚才会有效果。不过这其中也有程度之别。终身囚禁于阿兹卡班监狱与摄魂怪为伴，这不啻于走上了癫狂失心的不归路。但大多数只是短期羁押的人在出狱后都能恢复正常，就好像海格曾入狱几个月，莫芬第一次也只在阿兹卡班蹲了三年，此后都康复如初。就算那些入狱已三年之久的食死徒们，一朝越狱逃脱，法力也毫无减损，甚至还能大闹魔法部。不过所谓“摄魂怪之吻”通常被认为比死亡更加可怖，受害人将成为一具空壳，没有自我，没有记忆，没有欢乐，也不再有希望。它摧毁了人类内心最深处的东西，是对人类尊严最严重的伤害。

可是，魔法世界中的大多数人似乎都能接受“摄魂怪之吻”的恐怖效用，只有像邓布利多这样的特殊例外，这一点着实带着些讽刺。人们真正无法接受的是那些所谓的“不可饶恕咒”，我们知道，一旦有人被发现对他人使用了这三个咒语，就会被立即投入阿兹卡班监狱。书中似乎也曾提及（例如在莱斯特兰和小克劳奇的审判中，克劳奇对陪审团所说的话），“不可饶恕咒”的量刑标准已被写入法规，也有其他一些习惯法规定了使用魔咒的方式方法，某些特定魔咒也被列入禁用。例如，邓布利多曾经在孤儿院警告汤姆，若学生使用魔法不当，霍格沃茨学校可勒令其退学，而魔法部“会以更严厉的方式惩罚违法者”。利用魔法去惩罚、伤害或控制他人也是不可接受的行为，这已经成为魔法世界的普遍共识。“每一位新来的巫师都必须接受：一旦进入我们的世界，就要服从我们的法律”（混血王子，273）。

要想确认任何惩罚的严厉程度是否“并无必要”，我们就会遇到主观判断的问题。当然有一些情况很难说是不必要的，例如在伏地魔第一次得势后，造成了公众伤亡和严重暴乱，实有必要将大多数食死徒羁押入狱，对此应该没有太多的异议。

在魔法部以外的更大范围的魔法世界里，也不是没有酷刑与非常刑罚的。在维护魔法世界的秩序与权威方面，刑罚发挥着至关重要的核心作用。

惩罚在魔法权力关系中的作用。惩罚是维护社会等级与权力关系的核心，这一点在书中两种主要社会网络中都有体现，那就是霍格沃茨学校和伏地魔及其党羽。尽管这两个复杂的关系网络乍看之下截然不同，但就惩罚在实现权力等级方面的作用而言，两者倒是极其相似的。

若我们根据酷刑的四条标准来衡量霍格沃茨学校中的惩罚，那结果并不一致。在前两册中，邓布利多曾几次拒绝魔法部介入学校事务，他还提醒福吉无权干涉学校范围内的纪律与处罚决定。起初，霍格沃兹独立于魔法部的体制与权威之外，这似乎是对学生大为有利的，毕竟邓布利多校长比福吉更有智慧也更加亲善（不然他怎么会三次受邀担任部长职务呢）。不过，学校的自治与大多数学生相对弱势的地位也带来复杂的结果，在很多时候合法诉讼程序可能被完全废止。酷刑和非常刑罚的问题就非常清楚地表明了这一点。

霍格沃茨的许多惩罚不仅仅有损于学生的人格尊严，有时其目的就是为了羞辱人格。在哈利六年级的时候，斯内普教授令他抄写有关他父亲与小天狼星的“罪行”与惩罚记录，这就是有意减损哈利心中两位父亲的个人形象，而且两人都已经离世（斯内普甚至还大声朗读有两人姓名的第一张记录卡片，还嘲讽了他们生前的“伟大成就”）（混血王子，532）。

霍格沃茨学校里的各种惩罚也是非常任意的。教授们似乎可以任意决定扣分的多少，也可以决定关禁闭的形式。有时教授们会反复考虑对某些违规行为要扣多少分，这正好也说明违规与相应的惩罚其实并没有客观的标准。

同样，在大多数情况下人们并不考虑惩罚到底有无必要。为了恢复和维持学校秩序，为了惩罚学生违纪行为，为了让学生们意识到某些行为的后果，有时甚至只是为了杀鸡儆猴，学校职员常常采取非必要的手段。当费尔奇怀疑哈利把洛丽丝夫人石化了的时候，就曾试图采取极端手段（密室，125）。乌姆里奇像解剖刀一样的羽毛笔可谓是极端“教具”中最可怕的一种，我们也知道费尔奇的办公室橱柜里还有镣铐和其他中世纪的酷刑用具。

不过，对于这些一般社会中禁止的酷刑，霍格沃茨学校好像都能容忍。邓布利多并不允许费尔奇摆弄他那一大堆的拇指夹、皮鞭和铁链，这也让费尔奇有些灰心丧气（密室，125）。我们也不难推测，“不可饶恕咒”也是被禁止用作惩罚手段的，在四年级的黑魔法防御术的课上，邓布利多甚至连演示一下都不允许。我们也知道，学校教工也不允许使用变形咒来惩罚学生，哪怕结果可能非常有娱乐性。穆迪教授曾经把马尔福变成白鼬，为此还受到了麦格教授的警示。

“量刑”的任意性以及刑罚带来的羞辱与痛楚，这些都在很大程度上影响着霍格沃茨学校里权力关系的建立与维系。在这里，核心的变量不是逾矩行为本身，也不是定罪与判罚的过程，而是有关教师的一时心血来潮的念头和个性，当然还取决于他是否喜欢那个学生（正如我们所见，斯内普教授对德拉科和哈利的态度就有着天壤之别）。在这个问题上，最要紧的就是权力关系，而非学生所做的具体行动。在校七年期间，也许有的学生会慢慢领悟到，权威的基础在于权力与地位，而不是事实、过程或正义。

这正是伏地魔对于食死徒们的权威的基础。伏地魔的存在，在某种意义上就构成了全书有关合法诉讼程序的最强有力的挑战。他不加遏制地放任个人欲望，其权力与愤怒全凭一时心念或兴趣所致，而这一点恰好正是他威加食死徒的权力来源。正如斯内普所说，伏地魔“他不是轻易能够原谅人的”（混血王子，34），而他的复仇又非常任意，随性而为，这一做派不仅可以奴役一众食死徒，还对其进行威慑，让他们不敢怀有丝毫的异心。

我们从书中读到，早在邓布利多第一次见到汤姆的时候，他就已经有了这种伤人制人的冷酷本能，甚至那时他都还没有意识到自己拥有魔法的力量。这种本能十分强烈，使他想不出还有其他的什么途径可以获取权力。

不过，这种本能最后反而成为他的致命伤，这一点非常耐人寻味。除了贝拉特里克斯之外，伏地魔的拥趸们大多是因为恐惧而非忠诚而追随于他，对此他自己也不免感到悲哀。他不愿宽恕，甚至对回到自己身边的随从也加以惩罚，这些做法都只会令权力完全建立在惩罚的基础上。马尔福一家对伏地魔阳奉阴违，貌合神离，正是因为他残酷地对待卢修斯与德拉科，纳西莎会愿意冒着得罪伏地魔的危险去拯救自己的儿子。正如邓布利多对哈利曾经说过的那样：“你知道暴君多么害怕被压迫的人民吗？他们都知道总有一天，在众多受害者中会有一个起来奋起反击！”（混血王子，510）。

最后，我们还应该注意到，奖惩处理难免会带有任意性，这也可能有损于法律体制的正常运作，因为总有些违纪违规的行为不能得到惩罚。例如一些程度较轻的违规行为通常只是罚款了事，并没有得到充分的监管（大部分这类处理都是由魔法部普通官员负责的，而不经过警察部门）。例如，在《哈利波特与密室》一书中，魔法部并不知道是谁在麻瓜面前使用了魔法。根据佩妮姨妈的说法，魔法部对于未成年人使用魔法行为的监管似乎比她读书时要更为严格了。另外，莫芬·冈特和里德尔犯下相同的罪行，可前者被判入狱三年，后者却只服刑六个月（不过，量刑的差别或许也考虑到了莫芬曾犯有前科）。

对人权的践踏与维护：奴隶制度的分水岭

合法诉讼程序给我们提供的保障力量取决于其背后的政治意志。只有通过法制与政治行为的融合，文本上的保障才能具有真正落实的分量，有时还可以内化为心照不宣的社会规范。无论在我们现实的世界还是哈利的魔法世界中，奴隶制度的相关问题如明镜澈照，反映出我们对于“普遍”人权标准的理解和挑战。在这一点上，许多观察家认为“很难揣测罗琳希望我们读者如何去理解家养小精灵”——我们应该从它们身上反思麻瓜世界中有关奴隶制度的惨痛教训吗，或者它们仅仅是文学的创造，并无任何现实的对照（Gupta，119）？

魔法世界与美国的奴隶制度的性质。奴隶制度是对人权标准的严重破坏，因为奴隶制的概念中蕴含着对其他大多数人权的减损与剥夺。另外，这些权利剥夺都基于一个前提，那就是有些人群天然就优于其他人群，而这一前提也背离了我们的基本理念，即有些权力是为全体人类所共享的。

在魔法世界里针对家养小精灵的奴隶制度与麻瓜世界中的奴隶制度有很大不同。最明显的区别在于，家养小精灵是完全不同的一类魔法生物。根据珀西熟记的法规（火焰杯，147），家养小精灵是“非巫师的半人类”[①]，可这一点是否就意味着它们“天然地”或“本质上”就比巫师低劣呢。尽管有不少学者相信如此，但我们并无确证，无从判断。在书中不止一次提及，家养小精灵拥有自己的强大魔力，从闪闪身上我们也能发现，他们的魔力甚至足以控制黑法师。此外两种奴隶制度的法律基础也不相同[②]。家养小精灵不能用做买卖，只能通过继承获得。因此他们并不像横跨大西洋两岸的奴隶贸易那样具有赤裸裸的商品性质。在书中，家养小精灵郝琪的合同里可能有某一条款禁止她谈论赫普兹巴·史密斯的事情，哈利据此想到，家养小精灵大概是受合同约束的（混血王子，434）（多比曾深受马尔福一家的奴役与虐待，可甚至当他重获自由后，都不太愿意说马尔福一家的坏话）。

不过，家养小精灵在魔法世界中的社会地位却与南北战争前美国南方的奴隶们非常相似。

我们所能注意到的第一个相似点也许比较表面，那就是家养小精灵所说的方言，特别是闪闪的方言。家养小精灵的用词很有特点，他们高频提及各种头衔以表尊敬，基本都采用第三者的视角，避免使用人称代词，主语与动词时态往往不一致。当赫敏问闪闪能拿到多少薪水的时候，那个小精灵竟然动怒回答道，“闪闪是一个被扫地出门的家养小精灵，但闪闪还没到拿工钱的地步！…… 闪闪还没有堕落到那个程度！闪闪为自由感到羞愧！”（火焰杯，379）。这类特点也多见于美国南方奴隶的方言使用中。

第二点类同也许更为根本。魔法师对家养小精灵怀着一种复杂的态

---

① 在早期文学作品中，美国的非洲奴隶常常被描写得“低于人类”，近似于野兽或牲畜，正如《死亡圣器》中假冒的贝拉用“它”一词指代麻瓜一样。当然两者遭受的待遇也差不多。我们不妨再想想家养小精灵的愚昧思想，不禁让人怀疑，究竟小精灵确为“半人类”，还是因为社会的原因造成了阶层的迥然分化。既然在巫师与其他生物种类（如巨人和媚娃）确有可能通婚与生育，那么从生物学的角度来说，就意味着这些生物与巫师并没无实质差别，也应享有同样的权利。对于巫师、其他神奇生物以及麻瓜之间的关系，我们将在有关种族、物种和权力的章节（第四章）进行深入探讨。另请注意，在麻瓜世界中任何因血统地位而犯下的罪行都构成仇恨罪，都必须受到相应的惩罚。

② 在世界其他地方，无论古代文明还是现代文明，都曾实施过某种形式的奴隶制度。不过本章关注美国的情况，一方面因为美国奴隶制冷血残暴世间罕有，另一方面却也是当代历史上文献记载最为丰富翔实的一例。

度，这也与美国奴隶主的情形相似。他们一方面带着家长制的思想，奴隶主曾经宣称，奴隶们需要奴隶主提供指导，而且不论老幼一律将奴隶称作他们的“孩子”（可参见 Genovese，1976）。魔法师也是如此，他们认为家养小精灵是一个需要指导与保护的阶层。上述关于“非巫师的半人类”应有待遇的法规大概就源于这类思想。也正因如此，海格反而会担心，若赫敏不给家养小精灵们工作，是不是反而会“伤害”了它们（火焰杯，265）。闪闪和多比看起来好像“天生”就是战战兢兢胆小怕事，许多带有家长心态的奴隶主觉得奴隶们也是如此，他们像是战战兢兢的“大小孩”，需要别人告诉他们该做些什么（罗恩也说过，家养小精灵们喜欢被人“使唤”）（火焰杯，125）。

家长制思想的人们总有一种根深蒂固的假设，就是别人无法为自己的行为承担责任，这种假设带来了某种怜悯或轻蔑的心态，有时两者皆有。赫敏出于正义为家养小精灵的遭遇感到愤怒，这显然是来自于一种怜悯，而许多废奴主义者也显然受到了这种情绪的激励。例如，在南北战争时期有一本儿童读物叫做《奴隶之友》，书中对品德良善的孩子是这样描写的：“像丹尼尔这样的男孩会成为优秀的废奴主义人士。他们对可怜的奴隶心怀悲悯之情“（第 2 卷第 4 期，约发表于 1837 年，参考网址 http：//www. merrycoz. org/slave/slave16/slave16. htm）。而在另一方面，从不同的意识形态视角看来，那种楚楚可怜卑躬屈膝的态度也可能引人嘲讽甚至招致仇恨。例如，小精灵克利切对布莱克家族其他成员极尽奉承谄媚，这常常引来小天狼星的嘲讽：“我上个星期还看见他亲吻了我父亲的一条旧裤子”（凤凰社，117）。至于马尔福家，多比的待遇就更糟了。尽管他们对多比的态度淡漠，也无仇恨可言，但他还是遭到各种虐待，饱受身心摧残。同样道理，美国南部奴隶们和多比的遭遇类似，他们对奴隶主的所谓忠诚多来自“鞭打、火烧、断肢和死亡”的威胁，而不是真心实意的忠诚。多比还有一个特点，它会用熨斗烫自己的手指（密室，176），或者用烤箱门来夹耳朵（密室，14），这些自我惩罚的做法也许看似新奇，但在南北战争时期的美国南部也并非罕见，受此迫害的可怜黑奴也不止一人。

第三，奴隶制度基本都是终身制的。我们知道能像多比这样获得自由的家养小精灵寥寥无几，也就是说拥有家养小精灵的家庭不仅相信而且依赖他们自己的判断与决定。书中也提到，闪闪不但为克劳奇家族保守秘密，而且还帮助小克劳奇保密十三年之久，甚至在他被释放后还帮助他躲避追踪（火焰杯，538）。有时，家养小精灵并非有意窥伺家族秘密，而是因为人们往往不把它们当作完整的人，常常忽视他们的存在。“差点没头的尼克”就曾说过，一个好的家养小精灵应有的优点就是不让你察觉它的存在（火焰杯，192）。同样的，人们对待美国黑奴的态度如同对待孩子，视而不见，充耳不闻。在有关美国南部黑奴制度的社会与政治讨论中，这种“隐蔽性”甚至成为黑奴制度的特点。弗雷德里克·道格拉斯曾经指出，美国政治对话中“人们对美国黑奴置若罔闻，就好像有些人在客人到访时把残疾的孩子藏起来那样”（引自Zinn，1995：185）。

奴隶们看似温顺的性格也助长了这种“隐蔽性”。在遭受身体、社会和心理的多重创伤之后，奴隶们开始哑忍奴役与压迫，“找到自己的位置”（Zinn，1995：35）。小精灵们甚至还相互指责有“不符合自己身份的想法”（火焰杯，98），像这样顺从谦卑的态度肯定是奴隶主梦寐以求的效果。家养小精灵的衣服是经年不改的黑色，正是前辈服从的象征。美国白人曾试图将奴隶们自婴儿时代起就培养成“敬畏于主人的权威”（Zinn，1995：35），正好像多比敬畏于哈利的“伟大”（密室，15）和“重要”（密室，16）那样。

若奴隶们被剥夺了更为核心的人性，也就是希望，那奴隶主对奴隶的统治就会变得更加简单。若一名奴隶自幼就相信，一个人的希望与梦想都只是徒劳无益，那他就更容易被人控制。这一点是通过拆散家庭而达成的，这在跨大西洋的奴隶交易过程中非常普遍，家养小精灵的社会大概也是如此。对于南北战争以前的美国南方奴隶主而言，家养小精灵在这方面实在是理想的奴隶，因为它们没有自己的人生目标，正相反，“他们毁灭了个人需求，把个人利益融入了主人的利益”（Zinn，1995：35）。闪闪被赶出家门后心情低落，并不是因为她没有能力再找到一份工作，而是因为她为克劳奇家族而焦虑，担心自己的离开会影响到他们的生活。她不停地叨念“可怜的主人”，为自己无法继续照料主人而懊恼不已："主人现在需要他的闪闪!"（火焰杯，537）。

一旦重获自由，成千上万曾看似顺从的奴隶们很快就恢复了压抑已久的兴趣与动力。家养小精灵们是否也像赫敏所说的，只是被"洗脑"了呢？（火焰杯，239）。这个问题在哈利迷与学者中也激起了不少讨论（可参见 Giselle Anatol，Brycchan Carey）。多比为离开马尔福家重获自由而由衷地感到喜悦，这也许说明闪闪和霍格沃茨其他的家养小精灵们只是一时被驯化，除了服从不敢怀有其他希望。在另一方面，霍格沃茨的家养小精灵们因为害怕无意中见到衣物而拒绝进行清扫服务（凤凰社，385）大概也说明，若确有"洗脑"一事，那效果确实非同寻常。

事实上，霍格沃茨的家养小精灵们表现出相当仇视的态度（他们的反应似乎表明，赫敏所发起的运动是"疯狂而危险的"），这种态度不禁让人怀疑，他们如此热衷服务他人是否确实有自己的理由呢，毕竟尼克（火焰杯，182）、弗雷德和乔治（火焰杯，239）、海格（火焰杯，265）甚至多比（火焰杯，379）自己都曾这么说过。又或者这只是社会学家们所说的"虚假意识"——它们没有能力看清自己被压迫的现实。这一思想在意识形态上可追溯至"新教伦理"[1]，或者是认为魔法师无法真正照顾好自己，闪闪似乎就坚信如此。甚至于多比，这位我们遇见过的最具独立精神的小精灵，也曾要求邓布利多不要付给自己太多薪酬，也不要太长时间的休假（火焰杯，379）。

也许家养小精灵确实真心接受了被奴役的现实，但美国奴隶解放的事实是，奴隶们曾经看似安于现状的态度，其实都是不真实的。尽管毫无人道的残酷的奴隶制度确实在一定程度上迫使许多奴隶哑忍，但他们独立精神的反弹速度远远超过奴隶主的想象。霍华德·津恩（1995：170）曾经援引乌尔里奇·菲利普的发现："许多南方人一直坚信黑奴们天性温驯……总体上对白人友善，安于现状，不可能发生暴动造反"。可当黑奴获得自由后，人们明白"曾经相信那些人安于现状、心悦诚服地依附于他们的主人"，原来"这一切都是幻象"（根据 Zinn，1995：

① 所谓"新教伦理"最为经典的描述当属马克斯·韦伯于1905年的著作《新教伦理与资本主义精神》。"新教伦理"是指某些基督教新教中的观念，认为人作为上帝的选民，各自的地位反映在他所能展现出的生产能力与世俗成就上。

189 所引南卡罗莱纳州奴隶主的言论)。家养小精灵也一样，若能自由选择，他们也会团结协作，对魔法师采取有力的抵抗。赫敏曾建议家养小精灵们要求改善工作条件，可小精灵们立刻就把哈利、赫敏和罗恩请出了霍格沃茨厨房。书中也多次提到，小精灵们曾经捆绑、伤害甚至背叛魔法师，还包括他们自己的主人。若能自由选择，小精灵们不仅有能力也有意愿这么做。

人们又是如何为魔法世界和麻瓜世界中的奴隶制度辩护的呢？当赫敏要求海格支持自己的“家养小精灵权益促进会”时，海格表示反对，并说“他们的天性就是照顾人类”（火焰杯，165)。关于非裔美洲人是否“天生”就是一个奴隶阶级也有许多争论，涉及他们的身体的力量、心智的愚昧以及心理的顺从。这些讨论都是基于一个伪科学的概念，即种族的等级差异。直到 1932 年仍然有教科书中写着，奴隶制度也许是非裔人士“迈向文明的必要过渡阶段”（Zinn，1995：168)。甚至林肯本人，这位“伟大的解放者”从未将非裔美洲人视为同类，还曾不止一次地说他解放美国南部的努力不是因为在道义上反对这一做法，而是出于他对联邦所担负的政治义务。

霍格沃茨的家养小精灵们也曾经告诉赫敏“当有活儿要干，有主人要伺候时，家养小精灵是没有权利不快活的”（火焰杯，538)。美国过去的奴隶主们也常常说，至少他们自己家的奴隶是快活的，因此他们也就不必再理会自己的行为是否符合正义与道德。对于美国奴隶主们这种普遍的观点和借口，曾有一位奴隶作出了很好的描写：“他们说奴隶们很快活，因为他们在笑，而且笑得开心。我自己，还有另外三四个人，白天挨了两百条鞭子，双脚戴着镣铐。可是到了晚上，我们还是会歌唱舞蹈，大家听到我们的镣铐锒铛作响，也会跟着大笑。我们真就那么快乐吗！我们这样做是为了压抑心头怒火，为了不至于心碎到无可挽救”（Zinn，1995：168)。那么魔法师是否也在做同样的事情——只看到家养小精灵的强颜欢笑，却对他们内心深处的悲伤视而不见呢？

也有不少作者曾对罗琳提出批评，认为她在书中对奴隶制的立场显得还不够积极——一直到全书的尾声，家养小精灵还是处于被奴役的地位，它们对此好像也毫无不满。全书在尾声前的最后一句话被解读为

“对奴隶制度的接纳而非拒绝”（Anatol，2009：11）。

“家养小精灵权益促进会”（SPEW）相当于人权保护组织。作者罗琳对历史上大无畏的人权斗士们都怀着深深的景仰，例如她曾经认为杰西卡·米特福德“作为一名人权活动家，有着巨大的道德勇气，作出了非常勇敢的事迹”（Fraser，28）。既然如此，罗琳为何在书中将SPEW刻画得滑稽可笑（比如SPEW的字母缩写有“呕吐”的意思），甚至略带点难堪，难道她想以此来教育读者“政治活动中不该做的事”吗（Carey，Anatol，2009：161）？

书中赫敏为SPEW投入了极大的热情，熟悉这一情节的读者们便不难理解，正是19世纪废除奴隶制的努力推动了人类历史上第一次席卷全球的人权运动（尽管当时“人权”这个词语还不怎么常用）。正如赫敏对家养小精灵问题的关注那样，美国和英国的废奴运动也大多是自上而下而非源于草根的自发努力，因为被奴役的人群并没有掌握法律、政治或社会资源来保护自己。

在有些时候，政治运动会因精英基础的影响而转向比草根运动更谨慎的方向，因为对那些未受到直接影响的人群来说，变革的需求也就不那么迫切，而且精英阶层还需要维护自己原有的社会地位。亚伯拉罕·林肯就曾像赫敏那样，认为“以理智与激情，在道德上反对奴隶制度，在现实政治中谨慎行事”（Zinn，1995：183）。

尽管有时外界的帮助确有必要，但由未受奴役的人所发起的废奴运动也引来不少质疑。首先，一个人是否真正知晓另一个人的需要呢？我们在上文中就曾讨论过赫敏与家养小精灵们截然对立的观点。反过来说，小精灵对义务劳动所表现出来的热情也让人觉得，如果它们并不需要改变生活的现状，那赫敏究竟是否有权利为它们去奔走游说呢？在本章开头介绍过普遍人权的概念，即有些权力无论何时何地对所有人都适用。可如果有一个人就是“不想”要获得别人认为应该具有的权利呢？这仅仅因为他们“未受良好教育”或者像赫敏说的“被洗脑了”（火焰杯，239），又或者，这世界确实有些权利并非人人认同、普遍享有，而是受到特定文化的约束的？这个问题恐怕是当今人权理论与活动中最具煽动性的争议所在。事实上许多人权运动家和理论家都认为，将所谓

“权利”强加于那些并不需要的人群身上，这本身就是一种家长制的做法。

无论其中有怎样的道德风险，赫敏始终坚信自己的事业是正义的，而她为此所做的各种努力，在人权活动或其他社会运动中的策略与技巧方面，也足以成为教科书式的范本。尽管 SPEW 最终只吸纳了少得可怜的几个成员，而且看起来也并无实效，但是赫敏的表现不亚于任何一位足智多谋的政治实践家。

社会运动理论的学者通常提出两种利益集团的模式：一是“骚动”模式，即自下而上的组织；二是“政治实干家”模型，或自上而下的组织，即一名具有政治能力与个人魅力的领袖人物（如马丁·路德·金和甘地）将一群有着共同利益的公民组织起来，成为一种系统有效的运动。现实中的大多数运动形式都是上述两者的结合。SPEW 最致命的弱点之一就是缺乏基层的参与。无论赫敏如何努力，这始终只停留在以精英为基础的自上而下的行为。这一缺陷也容易招致所谓“不合法”或者动机不纯的攻击——认为这项运动反映的只是赫敏自己而非小精灵的政治诉求（北美和欧洲的一些人权组织也遇到过类似的情况，他们在一些发展中国家的活动有时会被指责为不理解贫困国家人民真正的政治诉求）。缺乏草根支持还令这类运动无法持续发展，即使家养小精灵们最终确实被说服参加运动，这也是因为赫敏的积极努力，而非出于对长期社会经济不公待遇的不满。缺少持续的推动力，这类运动本身就很难持久。我们在下一章会讨论的 DA 组织正好是一个反例。最为成功的改良运动通常都是萌发于直接受其影响的群体。

不过，赫敏从未因 SPEW 组织寥寥无几的成员而感到气馁，她采用了一系列堪称经典的策略制造了政治压力以推动自己的改革。

当她意识到奴隶制度的问题后，赫敏即采用了一个强有力的策略。她发现“《预言家日报》的人竟然不知道他是怎样虐待小精灵的”。她也隐约间意识到媒体在表达政治诉求与激励大众舆论方面的重要力量。不过，在 SPEW 的组织运作方面，赫敏却似乎并没有利用这一点——她在对付丽塔·斯基特的时候可是很有些手段的。

媒体可以很好地帮助赫敏把信息传递给霍格沃茨校园外更广泛的受

众。如果魔法世界和我们的世界一样，那么年轻人往往缺乏政治热情，若能广泛传播政治理念，则更有可能获得成功。我们也有理由相信霍格沃茨的学生团体比一般的巫师们似乎有着更高的社会经济地位，对于那些家中没有小精灵供使唤的巫师们，也许赫敏的理念能够更容易得到他们的同情。所以赫敏后来决定去霍格莫德村庄中寻求更广大群体的支持。

为求稳妥，赫敏还制定了长期和短期目标。短期目标包括通过工资与工作条件的保障措来改善小精灵现有处境。但她也意识到只有彻底变革现有的法律（和道德）体制，根除奴隶制度，才有可能实现真正的变化。不过，她长期工作的焦点并不是彻底废除奴隶制，而是允许小精灵拥有武器（美国奴隶和小精灵一样都被禁止使用武器），佩戴魔杖，并在政府机构中拥有相关代表权——因为小精灵和其他许多群体一样，在权力殿堂中并没有得到充分的代表（火焰杯，225）。尽管小精灵代表也可能只是“象征性”的几位，但总比没有代表更进步一些。

不过，尽管赫敏那么聪慧，在社交手段方面却不算高明。可在政治运动中一定的社交手腕又是很必要的，因此，赫敏也犯了几个关键性的错误，并因此未能将其事业做大，也未能赢得更多更好的社会资源。

第一，赫敏的道德立场固然令人钦佩，但她尖锐强硬的做派却令她与大众逐渐疏远。在美国废奴运动中，相比于著名的废奴报纸《自由者》的出版人威廉·劳埃德·加里森这样的白人活动家，黑人活动家实际在公开的道德立场方面反而并不那么绝对。黑人更倾向于采用各种不同的策略——这是因为对他们而言，废奴运动不仅仅是道德正确与否的问题，更重要的是关乎他们的实际利益与现实生存。赫敏强硬的道义措辞（例如把小精灵的奴隶制度说成“残酷虐待”）（火焰杯，224）反而可能给她带来两方面的问题。这种态度首先就把世界分成了非黑即白的两派，无法容忍任何温和或中庸的立场，而事实上这样的立场虽非最优却也是有进步意义的。如果魔法世界的情况与我们近似，那么大多数民众的政治立场其实都是中庸的，并不会偏向任何一方的激进变革。要想通过道德论证就能说服民众接受所谓“正确”的思想，也许只有在理想世界里才行得通。在我们现实的世界，无论是麻瓜还是巫师们，都难免考虑到自身的利益。一种思想若要传播广泛，深入人心，就必须满足公众的功利心与个人利益。

在赫敏与其他一些人权斗士看来，夹杂着实用功利主义的政治运动也许看来是某种妥协。不过这对于正义的最终实现而言还是有好处的。例如，许多美国北方白人，特别是较为贫穷的白人，他们支持废除奴隶制并非出于道义，而是因为他们觉得奴隶制让南方农场主获得了不公平的经济优势。如果赫敏在游说海格或罗恩时，不仅能说明反对奴隶制的道德理由，还能列举其中的现实理由，那结果可能会更好些。她也许可以说，霍格沃茨学校里有着一大群心怀不满的下层阶级，若不解决将来只怕会背叛邓布利多。

第二，与其他各地的学生一样，霍格沃茨的学生也是课业繁重，整天忙得无暇分身。如果解放了家养小精灵，学生们自己能否受益尚未可知。不过，若废奴运动确实对学生有利，那他们即使不参加运动也能获得好处。这就是麻瓜世界里的社会理论家们所说的“公共产品”问题：当政策的结果可以造福整个社会，那每个人都会假定“其他人”会去追求利益，承担责任。所以，大多数的麻瓜都不会加入那些利益群体——除非他们不参加就无法得到利益（也就是一种“特殊”的产品）。大多数的巫师也是如此。正因为这样，许多麻瓜的利益群体会给成员一些额外的好处——比如《消费者报道》会发放特别期刊，一些政治运动会发放很时髦的T恤衫等等。赫敏为了吸引更多人参加SPEW组织还推出了两款产品。一个是特殊产品，即徽章。不过，一个写着“呕吐”（SPEW）的徽章到底能不能算是“福利”也不太确定。另一个是为公共休息室提供“赞助式打扫”（凤凰社，159），这里有三个问题。（a）这不是一个特殊产品；（b）人们一般并不认为这有什么价值（因为这原本就是小精灵们为学生们提供的日常服务）；（c）因为学生大多看不到小精灵来打扫，所以也不太能引来太多关注。

第三，赫敏似乎一直没想清楚，SPEW组织的活动与她希望达成的政治结果之间有什么因果关系。她很明智地区分了短期目标（较容易达成）和长期目标，但这两者间的关系并不明确。例如，她想帮助大家更多地意识到小精灵的工作状况，可这么做会让巫师们允许小精灵使用魔杖吗？大概应该是否定的，而且，若巫师们真觉得小精灵的处境可悲，还心怀不满，那大概更不会愿意让他们拥有武器了。另外，SPEW 组织在多大程度上能进一步推进她的短期目标和长期目标呢？这一点也不太明确。如果赫敏招募成员是为了发动请愿，那她该把请愿书呈递给谁好呢？神奇动物管理控制司吗？这个部门从名字上看就是把小精灵当作法制的对象而不是主体。抛开名字不提，这个部门的权力似乎也是很有限的。如果他们无法阻止像马尔福家一样的主人残忍地虐待家养小精灵，那又如何能强制他们给小精灵发放工资呢？

SPEW 在组织策略上的问题对于许多社会运动与社会组织而言，尤其是人权组织而言，都是很常见的。组织成员们对“正义”的事业怀有坚定的信念，于是假定其他人若能意识到问题存在，必然也能激发起他们改天换地的道德革命。可事实上，最成功的人权组织往往是那些最务实的组织。这其中最著名的也许是国际特赦组织，它采取了一个严格意义上非政治性的立场，大多数的时候它的主要工作只是争取政治犯的释放。该组织之所以这么做，并非是觉得其他侵犯人权的行为不重要，而是认为如果管得太多太杂反而会影响组织效能，也有损于组织的公正立场。国际特赦组织的领导人谨慎小心地将预期目标（释放囚犯）和有能力的行为人（专制政权的首脑）联系在一起，将他们和其他一些可以对他们施压的人（如捐助人）作为工作的目标。

最后，赫敏还要面临一个挑战，家养小精灵的奴隶制度深深根植于巫师（和小精灵）的文化深处。她应当合理调整自己的心态，或者参考邓布利多的想法，“变革需要很长的时间，在巫师的社会与家养小精灵的社会中，心智与头脑都需要改变”（Prinzi，2009：237）。

结　论

罗琳曾经说过：“判断一个社会的文明程度不是看它认为什么是正常的，而是看它如何对待社会中最脆弱的那些成员”（引自 Nel，26）。无论在魔法世界还是麻瓜世界都存在着许多不公正的现象。无论在哪里都可见无辜的人反遭治罪，不经审判即遭逮捕，弱者被奴役，强权在腐败。

面对种种不公，有人也许会因此受挫而一蹶不振，也有人像哈利那样坚定决心，化悲愤为力量。我们可以团结起来摧毁那些带来不公、压迫和仇恨的权力结构（如魔法部），也可以携手培育正义的种子，将它撒遍大地。

哈利的世界里住着形形色色，与我们不尽相同的生物，因此衍生的罪行与惩罚有时听来非常离奇。霍尔也曾指出，因为能使用魔法，麻瓜世界中一些历史悠久的法律传统就必须进行改变。例如，因为有了时间转换器，不在场证据就失去了意义（还好它被砸碎了）。如果复方汤剂有效，那身份的辨别就会困难重重。如果被告声称自己受到了夺魂咒的影响，那该如何证明其犯罪意图呢（Hall，Anatol，2003，154）？

不过，无论在哪个世界里，法律与正义的大厦都是建立在相同的根基之上：个人权力与社会需求的平衡，明确指定的法律，监督执法的手段，法律面前人人平等，无罪推定原则，诚实取证的规定，快速审判的要求，同侪陪审团的公平考量以及一个理性的善后制度。若不能达到这些基本要求，不仅会损害政府权威的合法性，还有可能带来改朝换代的巨变，原来基于民意与忠诚的政府被迫下台，取而代之的是以胁迫与恐怖手段执政的政府。这也正是罗琳最为核心的政治思想：若法律不合正义，则不应屈从（Brown，109），若采纳恶法，则政权也不合法。

第四章
纯血种和泥巴种：种族、物种与权力

首先他们去追杀社会主义者，我没有说话——
因为我不是社会主义者。
然后他们去追杀工会领袖，我没有说话——
因为我不是工会领袖。
接着他们去追杀犹太人，我没有说话——
因为我不是犹太人。
现在他们来追杀我——可已经再没有人能为我说话了。

——马丁·尼莫勒，反纳粹的新教牧师

“我会说‘巫师第一’与‘纯血统第一’仅有一小步之遥，再往前一步就是‘食死徒’。”金斯莱答道，“我们都是人，不是吗？每个人的生命都一样珍贵，都值得保护。”

——哈利·波特与死亡圣器（440）

罗琳作品中有一个最重要的政治主题，即种族与血统政治会同时带来权力与危险。为了阐明这个观点，她不仅参考了纳粹种族主义意识形态与政治现实中的典型实例，而且还参考了在一些民主社会中涉及歧视与仇恨的非典型案例。我们将在此探讨哈利的世界中的各种政治问题，首先要梳理一下巫师对待麻瓜、麻瓜出身的巫师和混血种巫师的各种态度，然后再看看这些无形的态度如何转化为各种法律、经济压迫与现实的伤害。我们还会讨论魔法社会与法律如何对待其他的魔法生物，而这一话题在此前有关小精灵奴隶制的讨论中也已经提及。

首先让我们先解决最重大的问题。在哈利的世界里，不同种类的魔法生物之间的差异，甚至不同人群之间的差异显然比在我们这个世界里更为显著。但在这两个世界里，无论是在心理上、社会上还是政治上，人们对待这些差异的态度与处理方式却是相似的。

苏曼·古普塔和安德鲁·布雷克都曾提出，上述的种族类比是有问题的，因为麻瓜只是没有魔法能力——他们相对于巫师而言处于劣势，但不同的麻瓜种族之间却并不存在这个情况。但这两个世界各自面临的困境真有很大的区别吗？无论是巫师还是麻瓜，社会总是由不同个体组成，他们有着不同的背景、能力、信仰、语言与行为表现。此外，“历史与人类学研究都有证据表明，外来者与陌生人并不总是遭到敌视。相比于敌对与歧视，同情、好奇、宽容、对话与合作也都是很常见的人性特征”（Rattansi，3）。因此，有些差异只有在我们介意的时候才会存在。

例如，美国人有不同的宗教信仰、经济背景或种族血统，然而这些特征（及其他更多的特征）可以作为其他民族国家包容（或排斥）一个人成为其公民的标准。

作为当代民族国家的公民与作为一个民族的成员是略有不同的。当代国家有着明确的公民标准。像民族这样一个“想象共同体”（Anderson，1999）的成员标准则比较灵活，容易受到政治操控。尽管民族主义领袖与学者总是声称，民族是由一群“自然形成的”、可以明确界定的人群所组成，但在现实中民族的界定往往都有一定程度的任意性。我们不妨讨论一下血统出身这个看似最合理的界定公民的形式。假如我出生在法国，我的父母都是法国人，他们的父母也都是有迹可寻的法国人，那么我作为“法国人”的身份应该没什么问题。可是，如果我的重曾祖父不是法国人（也就是说我只有三十二分之三十一的法国血统）会怎么样呢？也许大多数人还是会把我看作是法国人。可如果我们把血统比例降低到十六分之十五呢？也许还是法国人。可如果将比例降低到二分之一，或者四分之一？我所占据的法国血统仍然比其他民族血统更多，这是没错，可我还是真正的法国人吗？

问题就很明显了：一个人是法国人还是“其他人”，这两者之间并不存在明确的界限。更麻烦的是，这个假定的标准不但任意变动，还可能因人而异。历史上也有这样的例子，纳粹基于种族主义意识形态，构建出了一个犹太人种族，“却并没有明确的‘生物学’依据”。在这个例子中，文化与宗教“充当了种族的标志”（Rattansi，6）。在过去几十年间的社会政治包容性发展中，人们才慢慢认识到，犹太人更多的是在宗教上的不同，而非种族上的不同（Ranttansi，7）。

同样，美国的社会与政治历史中对“黑人”的定义也在不断变化。曾经在许多南方州存在着所谓“一滴血”法则（one - drop rule），根据这种公式化的荒谬标准，“无论年代多么久远，只要一个人的家族先祖中有黑人，那么他就被划在白/黑分界的另一边，由此带来生活中的劣势、工作上的限制、影响到他与白人的婚姻甚至人际关系”（Rattansi，7）。

这种情形有着多种原因，在一方面，种族和魔法地位一样，同时包含着生物学与文化上的因素。拉坦西曾经提出过很重要的一点，即“一个种族群体的界定总是取决于生物与文化在不同程度上的共同影响，有时也受到特定群体与历史阶段的影响。至于种族地位，例如犹太人、爱尔兰人及其他群体的地位逐渐提升到和‘白人’一样，这些都是政治磋商与改革的结果”（Rattansi，8）。人与人之间的差别，巫师与巫师之间的差别，只有在别有用心的人眼里才会成为政治问题。

差别带来的后果

危机。对于生活在当下经济背景下的人而言，不难想象与上述差别最有关联的就是政治危机。如果我自己的情况不错，那也没什么理由抱怨嫌弃我的邻居。可如果我因为种种原因感觉到威胁，那我就有可能变得充满嫉妒、怨恨重重。

我们很容易去怀疑那些与我们不同的人，总是怀疑他们具备某种优势。布朗专门研究过哈利世界中的偏见问题，他依据社会学家高尔顿·奥尔波特的理论，界定了等级社会赖以维系的四个方面：愚昧无知、漠不关心、缺乏安全感和缺乏宽容（Brown，61）。政府通过推进教育也许可以改善前两个方面，但教育对于第三个方面可能会有更大的作用——可是在人类历史上，往往是民众缺乏安全感的时候，政府反而越倾向去寻找替罪羊。

这就是为什么当一个民族国家身处危机时，就会变得无法包容异己，容易怀疑他人——政治科学家们将此形象地称为“生人恐惧症”（没错，谢诺菲留斯·洛夫古德的名字“Xenophius Lovegood”在字面上的意思就是“喜欢不同”）。这也就意味着那些热衷于夸大政体内差异的人们往往也会夸大危机的程度。

在当代麻瓜世界里，这方面最著名的例子就是希特勒统治下的德国。罗琳曾提到自己去华盛顿特区的大屠杀博物馆参观，想到她此前在书中写到的魔法世界的血统地位，罗琳本人也不禁为其中的相似而感到震惊和胆寒（Waters，203）。第三帝国犯下了令人发指史无前例的恐怖罪行，人们在震惊之余往往会忘记一个基本事实，那就是，普通的德国平民们早已深知希特勒的极端思想，在二战后德国陷入严重的经济和社会危机，普通民众也付出了惨重的代价。施陶丁格曾经指出，“希特勒及其‘党羽’的胜利，其实是前俾斯麦德国的天主教、等级社会结构和以农村为基础的社会秩序全面瓦解的必然结果”（Staudinger，10）。更确切地说，凡尔赛条约的和平条款让德国承担了深重的负担，却未能如约提供重建德国的支持。同盟国一心想确保战败后的德国不能再威胁到欧洲各国的安全，却没能关注到德国社会各方面承受的苦难（当然也没预期到这种苦难带给邻国的影响）。德国的通货膨胀率从1929年到1930年期间的40%激增到1935年至1936年期间的百分之一百万。德国马克最终崩溃，形同废纸。

军事溃败加上经济困境，令德国全国上下陷入迷茫和失落。许多心理学家认为，个人对于自己价值的认识始终受到一个重要因素的影响，那就是能带来成就感的工作。一战后的德国不仅遭受着国家荣誉的危机，每个公民的个人自豪感也备受挫折。德国人失去了以往的身份感与自豪感，急需一种新的、更强大的事业来激发他们完成经济、工业和社会的复兴。“战争失败、和平条款与社会经济危机让全国陷入耻辱的境地，各地弥漫着不满的情绪”，在这样的背景下，希特勒发现“人们愿意倾听自己的训导，盲从自己的指令，他可以用自己的意志影响其他人”（Staudinger，17）。希特勒提出的新思想开始也很温和（就好像乌姆里奇初到霍格沃茨时的做派），“因为他带来了一种全新的、乐观的世界观，其中还夹杂着德国以往的一些民族理念、民族自豪感和民间思想，所以特别深入人心”（Staudinger，19）。

政治实干家。尽管危机会带来个人愤恨，但要发展为某种政治意愿，则非通过“政治实干家”的行为推动不可。我们在前一章中曾介绍过“政治实干家”的概念，这一用语本身并不含贬义，只是指那些将无组织的民众情绪转化为系统化政治运动的人。不过政治实干家到头来总是难免为达到个人目的而操纵民意。任何一位政治实干家都必须培育并牢牢管控一批自己领导的干部，同时这批干部又必须紧密联系群众。例如，“希特勒不仅将自己与干部集团紧密联系在一起，也将行动力与群众联系在一起，在上下级之间创建起一种牢固的相互关系——这一规划不仅可以维系他对于追随者的控制，也能够确保运动的成效”（Staudinger，19）。

从这一点来看，哈利的世界中最伟大的黑巫师实际在很大程度上就像是一位典型的政治实干家。他牢牢地控制着身边的食死徒，不仅让他们感到恐惧，还让他们有一种家族般的亲近感（他“真正的家族”，火焰杯，646）和荣誉感。正如希特勒巧妙地利用传统德意志民族主义符号为自己的种族主义意识形态保驾护航，伏地魔还声称将恢复魔法世界里那些古老的传统，例如魔法的标准、选择与一度丧失的能力。当伏地魔消失后，所谓纯血种的魔法师就丧失了原有的权势，他们对自己的社会地位心怀怨恨，一直在伺机泄愤。

希特勒的手段也大同小异，他观察到当时的中产阶级迫切需要一些新思想，也不乏兴趣对一些事情指指点点——对这些人来说，这么做让他们感觉可以改变自己的命运。他们无法直接指责获胜后的同盟国或者世界经济，但至少他们可以冲着街角的犹太人商店发泄不满。正如所有的意识形态那样，希特勒的思想就是“阐明复杂的现实，将其简化为可以理解和控制的形式”（Hunt，16）。

伏地魔的心口不一凸显出“血统地位”的重要性，而所谓的“血统地位”并非天然存在，而是社会构建的。例如许多人都发现，若伏地魔确实如他自己所声称的那样重视血统的纯正，那么在他的统治下，混血魔法师就该吃苦。但事实并非如此，主要是因为百分之百的纯血种寥寥无几，根本不够伏地魔驱使。而事实上他自己也并非纯血种，总不能歧视自己。

魔法差别带来的后果

《哈利波特与死亡圣器》中最引人入胜的情节之一是少年时期的西弗勒斯向莉莉讲述霍格沃茨的情形。因为莉莉是麻瓜出身，需要霍格沃茨学校来人家访，向她的父母解释情况。莉莉问道：

“麻瓜出身会有什么不同吗?”

斯内普迟疑着，他的黑眼睛在绿荫下显得很热切，看着莉莉那张苍白的脸和一头深红色的头发。

“不会，”他说，“不会有什么不同。”（死亡圣器，666）

但是后来莉莉很快就发现，尽管麻瓜出身并不影响魔法能力，可许多“纯血”巫师却坚信，血统对于男女巫师的魔法地位与特权而言却是至关重要的。

魔法地位和国籍一样，同时包含着生理与文化的属性——这个世界并非只有麻瓜和巫师两类人。令人出乎意料的是，尽管麻瓜无从知晓巫师的存在，但还是出现了人数众多的“混血”魔法师——父母中一方是麻瓜，另一方是巫师。因此，若我们综合考虑一个人自己及其父母的魔法能力，便可以区分出四类人群：麻瓜、麻瓜出身的巫师、混血巫师和纯血巫师。

在我们进一步考察魔法世界对上述群体的不同态度之前，我们先来考虑一下“哑炮”的问题，并思考他们的存在对于魔法师血统有何影响。所谓“哑炮”就是巫师父母（一方或双方？）所生的子女，但他们并不具备魔法的能力。这里似乎存在着某种连续性——纳威·隆巴顿在二年级时曾担心自己的安危，因为“他们先对费尔奇下手，大家都知道，我差不多就是个哑炮”（密室，185）。父母的出身并不能确保魔法能力，魔法的基因可能会在许多意想不到的地方萌发。罗琳的说法是“麻瓜出身的家族中也可能存在男女巫师，有时也许是好几代之前”（引自 Brown，42）。此外，魔法基因似乎还有着不同程度的体现，例如纳威的例子。同样的，哈利碰巧在费尔奇桌上看到的“快速念咒函授教程”似乎也说明，即使对“哑炮”而言也是可以习得一些魔法的。

但这是真的吗？“快速念咒”是不是只对纳威这样仅仅魔法能力不足而非完全缺乏的人才会有效？因为证据不足，我们对“哑炮”们也无法抱以太大的希望。我们也从未见过费尔奇使用过哪怕一次魔法（也许唯一的例外是他和猫咪洛丽丝夫人之间诡异的默契）。可怜的费格夫人也是“哑炮”，她能够描述摄魂怪的“效果”，但根据她在哈利审讯上的证词，我们觉得也许她从未亲眼见到过摄魂怪。所以，一些来自魔法家族的子女也许压根就不具备魔法能力，这也许是因为他们身上缺失了重要的魔法基因，或者是某种基因变异。这也就解释了为什么另有一些巫师虽然拥有魔法能力，却存在着某种缺陷或失控的情况，例如阿利安娜和梅洛普。就梅洛普的例子而言，可能是近亲繁殖造成了基因组的混乱。但阿利安娜的情况则不同，她似乎是另一种不同的基因突变，因为整个家族中只有她出现了异常情况。

无论基因有何具体问题，魔法世界里对待“哑炮”的态度并不如我们所想的那么积极。相反，在阿不思和阿不福思兄弟健康成长的同时，家中的“哑炮”却被紧锁深宅，家人对她避而不谈，这情况近似于我们身边那些有残疾人的家庭，全世界的情况都大同小异。

当然，“哑炮”的情况是很罕见的。魔法世界中最不能容忍的是麻瓜与麻瓜出身的巫师。我们将首先审视哈利的世界中对待上述群体的不同态度，接着分析那些不宽容的态度如何进一步转变成歧视性的行为。许多混血巫师的处境稍好——当然比第三帝国时期混血犹太人的遭遇要好得多。

对待麻瓜的态度。整个魔法世界对麻瓜的态度大致包括：平等主义观念、冷淡漠视、热切的好奇、家长制心态和彻底仇视。

第一，有一些巫师认为，麻瓜虽然与魔法世界隔离，却应平等相待。正如本章开头所引的金斯莱·沙克尔所说的，“我会说‘巫师第一’与‘纯血统第一’仅有一小步之遥，再往前一步就是‘食死徒’。”金斯莱答道，“我们都是人，不是吗？每个人的生命都一样珍贵，都值得保护。”重要的是，金斯莱在此不是仅仅主张魔法人士与非魔法人士之间的平等。依据他的想法，如果我们认为麻瓜若不拥有魔法就没有价值，或者就不该拥有基本的权利，那照此逻辑，那些麻瓜出身的巫师或混血巫师们因为与麻瓜有血缘关系，也没有价值，或者也不该拥有权利。这正是本章开头另一段引言中马丁·尼莫勒想表达的思想。

第二，也有一些巫师对麻瓜毫不关心——他们认为麻瓜世界应与魔法世界明确分隔，因此对他们不屑一顾。根据邓布利多的说法，魔法世界中极少有人会去阅读麻瓜的报纸（火焰杯，602），也极少有人会注意到麻瓜世界里的犯罪案件，例如可怜的园丁弗兰克·布莱斯被害案。不少读者也会由此联想到在现实世界里，城市报纸也较少关注贫穷地区所发生的犯罪案件。

第三，有些魔法师对麻瓜世界非常着迷，甚至心怀崇拜。不过这种着迷还是源于潜意识里的家长制思想，认为麻瓜们不依靠魔法就能取得各种成就，实在令人称奇。这方面最典型的例子就是韦斯利先生了，他深深沉迷于麻瓜世界的一切，从汽车到电话到普通的汽车电池。不过似乎有不少人都怀有这种态度，例如海格也曾对停车计时器表示出好奇（“这就是麻瓜们梦寐以求的东西么？”魔法石 X）。这种着迷也近似于现实中不少人对殖民地人民所怀有的猎奇心理——当地人的土地被侵吞剥削，合法权利被剥夺，而当地居民却总给人一种驯服的刻板印象。例如，在美国“在现实中对印第安人进行残酷的压迫，可在神话中却又倾向于将他们塑造得高贵而伟大”（Hunt，66）。

在麻瓜世界里，这类刻板印象往往会夸大族群间的差异，原住民往往被塑造成尚未开化的形象，好像他们的文明低于殖民者——而其实他们之间只是不同文明的差异而已（韦斯利先生的“禁止滥用麻瓜物品法”的标题似乎还意味着对某种长期绝迹的原始文化所进行的挖掘工作）。基于这些假设，殖民者们总是顺理成章地认为，他们比那些原住民更了解他们需要什么。这种家长制思想把血腥的武力征服包装成了利他主义的无私援助，同时也就有借口采取各种暴力手段与不公待遇。例如，麦金利宣称美国“有权利也有义务建立殖民地，以帮助‘受压迫的人民’”（Hunt，38），而“那些在以往领土上生活着的‘野蛮’的‘异域”民族并不具备自我管理的能力，因此被当作华盛顿的‘被监护人’”（Hunt，40）。正因如此，哪怕是在像韦斯利先生的法案那么温和的表象之下，麻瓜读者们仍不免会感受到一种阴影。甚至像海格这样血统地位并不高贵的人，也在不止一次地用“麻瓜”来表达轻蔑之意，如“我倒要看看，你们麻瓜们，像你这样的大笨蛋用什么办法去阻拦他”（魔法石，52），“不幸的是你竟然在这么一个不相信魔法的家庭里长大”（魔法石，53）。

最后，对许多巫师而言，毫无魔法能力的人类简直就不能算作是完整的人——也许就和动物差不多。我们知道小天狼星的表亲曾提出法案，要求把猎杀麻瓜合法化。此外在伏地魔统治霍格沃茨学校时期，老师明确教导学生们，“麻瓜就像动物一样，又脏又蠢，对巫师凶恶残暴，逼得巫师四处躲藏，……现在秩序得到了重新建立”（死亡圣器，574）。莫芬还一直埋怨，为什么伤害麻瓜就是违法，因为他从不把麻瓜视作完整的人。“（我）给了一个肮脏的麻瓜一点颜色瞧瞧，如今这算非法的了?”（混血王子，206）。

正因这种心态的存在，才会有法律明确禁止黑白人种或其他种族间的通婚。这不仅出现在20世纪中叶的美国，也体现在冈特对梅洛普满心嫌弃的话语里：“我的女儿——萨拉查·斯莱特林纯血统的后裔——竟然追求一个肮脏的、下三滥的麻瓜？你这个可恶的小哑炮，你这个龌龌龊的小败类!”（混血王子，210）。

从我们上一章所论及的人权视角而言，将一些人贬低于另一些人，这可以说是伏地魔思想（或曰希特勒思想）中最为危险的一种想法。人们一旦接受了这种思想，那么在启蒙运动和犹太教—基督教道德观的基础上建立起来的一整套哲学与法律体系将崩坏殆尽。那些有关善待他人的各种理论——从耶稣，到休谟，到洛克、罗素、杰斐逊——这些都是基于一个共同的理念，即每个人与生俱来拥有着一些不可剥夺的权利，只要是人都拥有这些权利，而不会因为人种、性别、宗教、性取向或者魔法地位而有所差别。若人们开始贬低他人，不视作一般的人类，那就会以极端恶劣的方式对待他人，尽管他们自己绝不会想要受到同样的对待。正是基于这样的想法，自 1935 年起，在德国的犹太人（甚至混血的犹太人）逐步被剥夺了公民权利，丧失了绝大多数的基本人权，他们所遭受的迫害也被视为合理合法，从而为此后更为恐怖严苛的法令大开绿灯。

针对麻瓜的歧视。政治实干家们是如何将那些暗藏人心的细微态度转化为政治运动中的群众情绪的呢？一个方法是让群众不满情绪的源头与目标人群明确地联系在一起。否则，目标人群只是看似怪异，而非险恶，而大多数人不会对一个没有明显威胁的群体发起政治运动。所以乌姆里奇的小册子“泥巴种对祥和的纯血统社会的威胁”（死亡圣器，249）堪称政治宣传的经典，将群众的不满情绪导向一个特定的（往往也是脆弱无力的）目标群体。纳粹的政治宣传也是如此，许多社会问题都被归咎于犹太人，其中包括一战失败、社会诚信的崩溃以及疾病流行等。不错，宣传是极为有利的舆论工具，它能够构建民意，而对于一个通过驱动民意来实施统治的领袖而言，这样的工具是至关重要的。

事实上，这种舆论策略的效果十分明显，社会心理学甚至将这一现象称作“谴责受害者”。对政治实干家来说，要想让那些歧视行为变得合理合法，最好的方法就是声称这些做法不过是针对目标群体的应激性行为而已。正像德拉科曾经声称的，麻瓜出身的赫敏处处表现优异，所以老师们才特别喜欢她。

什么样的说法更能有效地笼络人心呢？像希特勒和伏地魔的那些思

想非常强大，一部分是因为这些思想中“充满了象征性的符号与神话故事……要想赢得人心，公众话语必须大量地借用那些深入人心、通俗易懂的价值理念与话题”（Hunt，15）。所以我们看出，当伏地魔最初开始网罗党羽，招揽食死徒的时候，他实际上是在撩拨魔法世界中某种深层的不满情绪。早在格林德瓦的时代就有人相信，如果巫师可以为所欲为并统治麻瓜，那世界将会变得更好。在伏地魔进入魔法部之前，魔法部大厅喷水池的设计就生动地体现了这种等级观念。哈利在五年级之初曾接受听证，当他离开听证会时，“他抬头仔细端详着那位英俊的巫师的面孔，现在离得近了，哈利觉得他显得很柔弱，很愚蠢。那女巫脸上露出空洞的笑容，像是在参加选美比赛，而且就哈利对妖精和马人的了解，他们绝不可能这样含情脉脉地仰望任何人。只有家养小精灵那副怯生生的奴隶般的神态还令人信服”（凤凰社，156）。

鼓动政治情绪的另一个预备步骤是将目标群体明确标注出来。任何一个出现过官方大规模歧视运动的政体都曾以某种形式将受害群体进行登记注册或记录归档。具体方式可能很简单原始，如在衣服上别一枚黄色六角星徽章，也可能比较复杂，如利用生物计量学的资料库管理人们的出入境记录。当然，魔法世界中相应的机构是麻瓜出身登记委员会。

在此有一点很有讽刺意味，那就是只有当特定人群并不那么容易区分的时候，才有必要进行身份确认和登记。也就是说，这种确认身份的做法本身正好说明人群的归类其实是具有任意性的。

身份确认有助于单独孤立出目标群体的成员。最基本的层面上的做法可能是对个体的虐待、言语或身体暴力。不过这类罪行也是由个体而非国家犯下的。当今世界上我们常常称作“仇恨犯罪”的事件大多数就属此类。值得注意的是，我们现实世界中的许多罪行大多接近于马尔福家的恶行。美国联邦调查局将“仇恨犯罪”定义为“全部或部分地由种族、宗教、身体残疾、性取向或民族等各类歧视引发的，针对个人、企业机构和社会的刑事犯罪事件”（http：//www. fbi. gov/about-us/investigate/civilrights/hate_ crimes/overview）。像捉弄麻瓜这类的案件显然是基于对被害人非魔法身份而引发的歧视，那么无疑当属仇恨犯罪的范畴。

最为恶毒的恐吓形式不是针对受害群体本身，而是针对那些对受害群体怀有同情心的人们。这一做法是民主制度的大忌，因为它不仅强奸民意，还强加给受害群体某种夸大不实的恐惧与孤立情绪。德拉科可能只是在亚瑟背后说过“亚瑟·韦斯莱太喜欢麻瓜了，应该把他的魔杖折成两段，加入麻瓜的行列……瞧韦斯莱一家人的行为，你真看不出他们是纯血巫师”（密室，222）。不过亚瑟确实对麻瓜怀着欣赏与同情，这也确实给他带来了不少麻烦。例如，他自己也清楚知道，“正因为亚瑟喜欢麻瓜，才阻碍了他这么些年在魔法部的发展。福吉认为亚瑟缺乏一个巫师应有的尊严”（火焰杯，711）。

当伏地魔重新召回他的党羽后，他对食死徒说的第一句话就是不相信他们竟然会认为自己能败给“那个下里巴人的头目，那个泥巴种和麻瓜的保护人，阿布思·邓布利多”（火焰杯），伏地魔还将他称为“喜欢麻瓜的笨蛋”（火焰杯，657）。因此，当食死徒的势力卷土重来时，德拉科就预言“首先是泥巴种和喜欢麻瓜的家伙！”（火焰杯，729），他说这话可不是在开玩笑。

不过，在一个正常的民主国家中，至少在理论上，仇恨犯罪的受害者可以寻求法律的保护。即使不进行起诉，犯罪行为也是由个人犯下而非国家许可的。如果歧视行为被一个国家所接受，那就会变成一种国家恐怖——这样的国家在任何意义上都不再是一个民主国家。一个国家从保护转向歧视的最基本途径就是空间隔离。魔法师们在很多地方都主动与麻瓜隔离开来，但书中的情形似乎只是出于便利而非其他。更严重的是教育、就业、经济方面的隔离与歧视——当然，在魔法教育与就业的问题上，隔离也是出于明显的便利考虑。

对麻瓜出身巫师的态度。在这个问题上才能真正看出魔法世界在多大程度上能够接受差异，因为魔法师每天都会与麻瓜出身的巫师们打交道。

魔法世界对此的态度与他们对待麻瓜的态度差不多。有些人认为所有的巫师在法律面前都是平等的，所幸在哈利初次进入魔法世界的时候，魔法部的官方立场也是如此。魔法部的官员奥格登先生前往莫芬家调查有关老汤姆·里德尔遇袭一案的时候，就曾明确表明过这一立场：

"恐怕你我的祖先都跟眼下这件事情毫无关系"（混血王子，208）。

也有一些人虽然认同宽容的态度，但潜意识中还是对麻瓜出身的巫师另眼相看。不少读者会想起乔·拜登在2008年美国总统竞选时，曾经把当时还是参议员的奥巴马称作"那个能说会道、聪明、整洁而又帅气的美国第一位主流非裔美国人"。此番言论在当时引起轩然大波，因为按逻辑分析，他的言论似乎在暗示那些优点是非同寻常的例外。拜登这番话原本只是有心没意地奉承而已，没想到却招致炮轰，自己被定性为种族主义分子。

许多巫师也有类似的态度，例如斯拉格霍恩教授就曾对哈利说，"当然啦，你母亲是麻瓜出身。我发现这一点时简直不敢相信。我本来以为，她那么优秀，肯定是纯种的"（混血王子，70）。这番话也让哈利怀疑，这位教授是否太过重视血统。他似乎"对于一个麻瓜出身的人竟能成为出色的女巫，表露出了太多的惊讶"（混血王子，74）。

第三类态度是在根深蒂固的歧视思想外面披上了所谓科学的外衣。施陶丁格认为，希特勒的种族主义思想中带有一些科学与近似宗教的成分，相比于以往的社会经济危机而言，这些成分更能有效地激发起德国民众对犹太人的仇恨（Staudinger，7。与之相对立的观点也参见弗朗茨·诺依曼的《巨兽》一书）。20世纪早期的科技发展之所以可以被纳粹的伪科学家们轻松利用，是因为当时并没有太多人真正懂得科学。因此，德国的科学家们被收买、要挟或者洗脑，他们公开提供各种各样的证据，支持所谓的种族等级思想。这种等级思想进而又引发出一连串既危险又荒谬的观点：如所谓"雅利安"种族是一个生物学意义上的现实存在，这一种族比其他种族更为优越，德国只能由这个种族构成，雅利安人曾遭受过不公正的待遇，被犹太人所建立的"利息奴役制度"剥夺了经济发展的权利，并有理由将这个虚构的"雅利安"种族扩展到中欧地区——若有必要，还须清除那些"寄生虫"种族。

值得注意的是，这种等级观念并非某一执政当局的特例。无论是在美国还是英国的对外政策中，都曾以等级观念的思想支持某些大同小异的政策。亨特曾注意到，种族主义理论对美国早期的对外政策提供了不少启发。"与其花费大量的时间研究其他的各种文化现象，那些制定政

策的精英阶级更愿意接受现成的等级观念，把其他民族和国家简单区分成各种容易理解和熟悉的类型”（Hunt，52）。威廉·谢尔曼将军曾是美国南北战争时期无往不利、横扫南方各州的大将军，他曾在1868年写道：“今年我们杀死的人越多，明年需要杀死的人就越少。我看着那些印第安人，越发坚信这个物种要么就该被赶尽杀绝，要么就该作为乞丐被流放。他们的文明简直太荒谬了”（摘自Hunt，55）（请注意他这里用的是“物种”一词）。

像这类带着点宗教狂热的思想为什么还需要利用科学的证明呢？在这一点上，希特勒与他的宣扬者们很早就想到了这个办法。我们甚至可以在《我的奋斗》一书中找到痕迹。写作此书时希特勒还只是正在服刑的犯人而已。不过他们并非是头脑发热的狂热分子，而是坚信他们精心编制的方案可以被德国人民全盘接受。戈林和希特勒的其他党羽都明白，若行动过快，反而会招致反弹效应。在当时那个时代，暴力运动频繁地带来权力的更替——民族社会主义者们正是通过暴力途径夺取了权力，因而也甚至会因暴力而失去权力。因此他们需要循序渐进、合情合理地推进，需要大量无可辩驳的有力“证据”，同时要迎合德国的历史感、民众的理性以及富于宗教意味的民族神话（希特勒还明确地将自己类比于德国神话与挪威异教中的人物。正如英国历史上有关亚瑟王的传奇故事那样，那些德国人物的历史真实性一直存有争议，因此有时也被看作是当代政治决策中合理的楷模人物）。

希特勒的宣扬者们通过多种多样的途径为他们的种族主义思想提供了佐证和支持，也就确保了这套理论能取信每一个人。

若我们仔细推敲魔法世界中的那些言辞理论，也会发现其中有关纯血统迷信的伪科学元素。大家应该都记得在赫敏不幸遭遇牙齿变长的事件后，马尔福把她说成是一件物品而不是一个人，还取了一个绰号来暗指不同的种群，“难道居然有人邀请那家伙去参加舞会？那个大板牙的泥巴种？”（火焰杯，404）。

更有戏剧性的是布莱克夫人的画像，它似乎永远都能想出层出不穷的词语去侮辱麻瓜出身的巫师们，其中不少都暗指他们是低级生物。“畜牲！贱货！肮脏和罪恶的孽子！杂种，怪胎，丑八怪”等等，不胜枚举。但她口中的那些词语其实早就被现实世界中真正的种族主义者用过了。无论是在美国、英国还是其他一些国家，都曾经将少数族裔污蔑地说成老鼠和寄生虫，暗指他们本性污秽、举止粗俗。例如，伏地魔也曾宣称，“我们要剜去那些侵害我们的烂疮，直到只剩下血统纯正的巫师”（死亡圣器，11），而德拉科在这方面也总是显得能言善辩，他曾说过“可别碰我的手……不想让泥巴种把它给弄脏了”（火焰杯，298），还说过“妈妈，如果你不明白这是一股什么怪味儿，我可以告诉你，这里刚进来了一个泥巴种”（混血王子，112）。类似的说法还把“外人”比作动物，寓意有些人生来比较低等。当唐克斯与卢平结婚后，伏地魔就此讥笑贝拉特里克斯和纳西莎，他说“你们肯定骄傲得很吧……你回去照料那些小狼崽子吗?”（死亡圣器，10），他接下去还说到了“通婚”这个词来表达相同的意思，“她希望我们都跟麻瓜……毫无疑问，还有狼人通婚”（死亡圣器，12）。

种群之间差异的重要性是可以灵活对待的，在这个问题上有一个简单的事实，即一个社会中最希望区分差别的那些人，往往也是自感地位最不稳固的那些人。正如在纳粹德国的某些城市里，即使只有八分之一犹太人的血统也被划归为犹太人；而在魔法世界里，父母中有一方是麻瓜的巫师也比那些麻瓜出身的好不到哪儿去。

希特勒和伏地魔其实都是混血，因此他们总是急于证明自己：伏地魔总是急于摆脱那个抛妻弃子的父亲，而希特勒总想证明自己是一个理想的德国人。而实际上他在军中的表现不尽人意，他的身心也并非健全。我们都知道伏地魔最初的名字是来自他的父亲汤姆·里德尔。可也许少有人知道希特勒自己也带有四分之一的犹太血统（并非出生于德国，而是出生于奥地利的犹太人）。正是那些自己身处某种边缘群体的人们才会特别急切地区分不同的人群，以便排斥他人。这种等级制度越稳固，他们在社会上层的地位才越安全。

还有一些读者可能会感兴趣的内容。希特勒不仅试图掩盖自己血统的实情，而且还用了一些20世纪中叶流行的粉饰技巧，以竭力表现出所谓的雅利安人的“理想”形象。他的官方肖像如今正悬挂在伦敦的帝国战争博物馆内，肖像中将他原本的棕色眼睛和棕色头发描绘成了一位金发碧眼的大独裁者。伏地魔也是如此，他似乎一直对食死徒们暗示自己的血统纯正——至少许多食死徒都忘记他曾经的名字是汤姆·里德尔。尽管我们从未听他亲口承认，但他总是提及萨拉查·斯莱特林，而闭口不谈家族中的其他人。我们由此可以推断，他身边的人也就识相地忘记了有关伏地魔血统的一些事情。在哈利五年级时曾在魔法部与贝拉特里克斯等人交战，当时贝拉特里克斯曾怒斥哈利说，“你竟敢用你杂种的舌头玷污他，”而哈利却机灵地进行了反驳，提醒她伏地魔双亲的真实身份，并猜测伏地魔一直装作自己是个纯血统（凤凰社，784）。

反麻瓜出身的歧视。我们可以运用上文中分析巫师对待麻瓜的不同态度的方法，将这些态度也区分成从正式到非正式的连续体。首先是身份确认。在非正式的形式上，最典型的就是污蔑为“泥巴种”。我们第一次听说这个词的时候，正是哈利读二年级，和对此一无所知的哈利一样，我们也只能从旁人的反应中推测出这个词的严重程度。读者和哈利一样，这才明白“这是他能想到的最侮辱人的话……泥巴种是对麻瓜出身的人——也就是父母都不会魔法的人的诬蔑性称呼。有些巫师，像马尔福一家，总觉得他们自己比其他人优越，因为他们是所谓的纯种”(密室，116)。

这类侮辱性的称谓是言语暴力的一种形式，而有时也可能升级演变成身体暴力。邓布利多的亲生父亲就是因为杀害麻瓜而被判刑投入阿兹卡班监狱。我们也知道“有人甚至津津乐道地赞扬他父亲的行为”（死亡圣器，16—17)。就在哈利读二年级那一年，我们目睹了此类恐怖行为以极快的速度大范围地传播，连马尔福也不断地提醒我们，墙上那句“与继承人为敌者，警惕”的意思就是“下一个就是你，泥巴种!”（密室，139)，因为斯莱特林曾认为，只有纯正巫师血统的人才有资格学习魔法（密室，151)。事实上，马尔福似乎对这类伎俩特别感兴趣，这让他觉得麻瓜出身的巫师就和麻瓜一样没出息。

“我看你们最好还是抓紧时间逃跑吧！你们不希望她被人发现吧?”他冲赫敏点了点头。

“你这是什么意思?”赫敏不服气地问。

“格兰杰，他们找的就是麻瓜。”马尔福说，“难道你愿意在半空中展示你的衬裤？如果你愿意，就在这里待着吧……他们正朝这边走来，我们大家可以大笑一场了。”

“赫敏是个女巫。”哈利愤怒地吼道。

“随你的便吧，波特，”马尔福说，脸上露出了狞笑，“如果你们觉得他们辨认不出泥巴种，就尽管待在这里好了。”

……旁边有几个人尖叫起来。马尔福轻轻地笑出了声。（火焰杯，122）。

不幸的是，个人私心里的歧视很容易就会转变成普遍的歧视思想，那些原本只是不讨人喜欢的人或事物也就被视作非法。正因如此，当哈利、罗恩与赫敏三人开始逃亡，原本只是饭桌上说起的污蔑就贴上了合法的标签，甚至还出现了所谓的“搜捕队员”，一心想抓到他们三人从魔法部领赏（死亡圣器，382）。侮辱的言辞固然伤人，但更险恶的是魔法部的做法，它创造出“血统成分”这个概念并将其推广，还专门设立了麻瓜出身登记委员会进行管理和监督。这种国家层面上做出的区分一方面将所谓血统成分的问题也包括在法律的概念领域中，另一方面也将血统成分变成一个政治问题。

最后一点，正如我们在本书第二章中曾经讨论过的，通过政策与制度手段来给所谓的血统成分问题定性，实际上是通过命名让这一概念更加明确，设立一整套相关的资源机构，还设置了一批干部，他们虽然人数不多，却会出于个人利益的考虑而努力维系甚至发展这个机构。人口登记也许是一个中立的做法，却也是区分人群的必要前提，无论这种区分是出于社会、法律还是经济方面的原因。历史上有许多种族清洗的例子，而世界上每一个开展人口普查的国家都会作出一些法律上的区分。历史学家南希·里根提醒我们，每当特权与利益关系到官方界定的区分类别时，几乎总会出现弄虚作假——在纳粹时代就曾经出现过大量伪造的家谱记录（Reagin，140）。里根认为，食死徒似乎并不像第三帝国那样大规模地重建社会（147），但考虑到伏地魔的位高权重，不难想象麻瓜出身的巫师将在社会各个方面都遭到排挤。

人群区分还有一个更普遍且具破坏力的用途，那就是制造教育上的隔离。当孩子们在课堂中初次遇见不同于自身的事物时，他们就学到了有关自己与他人的重要一课。在美国公立学校内曾实施黑白人种隔离教育，这种情形直到现在依然存在。就其所带来的人格教育而言，很难说是哪一方的孩子受害更深。也正因如此，美国最高法院在布朗诉教育局（1954）一案中指出，“隔离本身就是不平等的”。

里根还指出，虽然伏地魔没有建立类似希特勒青年团那样的组织（147），但他基本上把霍格沃茨学校变成了一座纯血统的教育机构，也是他传教布道的讲坛。他之所以能够这么做，一部分是因为那些纯血排外主义的论调始终在魔法世界里流传，其中很多说法非常接近美国种族主义者反对黑白融合时的陈词滥调。他们宣称“其他种类”（就好像德拉科第一次见到哈利时的说法）不值得信任，因为他们出身自麻瓜世界，难免对麻瓜带有感情（“斯莱特林不愿意接受麻瓜生的孩子，认为他们是靠不住的”）（密室，150）。他们还声称“其他种类”没做好学习魔法的准备（“他们不一样，他们从小就没有接受过我们这样的教育”）（魔法石，78），还认为老师为了照顾那些麻瓜出身的学生，会降低教学质量（“父亲真的考虑过要把我送到德姆斯特朗，而不是霍格沃茨……你们知道他对邓布利多的看法——那人太喜欢泥巴种了——德姆斯特朗根本不允许那些下三滥的人入学……父亲说，德姆斯特朗对黑魔法采取的态度比霍格沃茨合理得多。德姆斯特朗的学生真的在学习黑魔法，不像我们，学什么破烂的防御术”）（火焰杯，165）。有些读者可能会注意到，德姆斯特朗这个词正像是德语中“狂飙突进”（Sturm und Drang）的谐音，而“狂飙突进”是德国 18 世纪至 19 世纪期间在文化和文学领域的一场运动，其中重要的人物理查德·瓦格纳正是一位反犹太主义者。

教育隔离的危害还可能波及整个社会。如果一个人被排除在某种教育之外，那将来也会被排除在某些职业范围之外，不论这种排斥是否合法。就业与其他形式的经济隔离自然会进一步带来政治权利的丧失，最终导致所谓的“社会性死亡”。在希特勒统治下的德国，“社会性死亡包括社会上被孤立、经济上被摧毁，政治上丧失权利并遭受嫌弃，因为他们被排斥在一个缺乏体谅、毫无道德感的群体之外”（Reagin，142）。上文中我们曾引用过一些支持经济隔离的说法，若这些说法进一步得到广泛传播，为公众所接受，那么一个社会中大多数的人就会认定，有一些人并不如其他人平等（这是仿效奥威尔的说法）。同样的，纳粹德国总是采用非官方抵制的手段来激化民众情绪，马尔福也曾经试图用这个手段胁迫对角巷里的店家。当他们看到赫敏在摩金夫人的店里时，纳西莎“轻蔑地扫了一眼赫敏，然后说，‘现在我知道是哪些社会渣滓在这里买衣服了……我们到脱凡成衣店能买到更好的’”（混血王子，114）。

遭受压迫的少数族群往往也被剥夺了反抗压迫、保卫自己的必要手段。还能有什么比魔杖更强有力的工具呢？当伏地魔占领魔法部后，乌姆里奇一步步地从麻瓜出身的巫师手中夺走了他们最重要的工具，而理由却是所谓生物决定论的歪曲逻辑，即麻瓜出身的巫师并非真正的巫师，那么奥利凡德店里的魔杖不可能去选择他们，所以他们肯定是以某种邪恶的手段获取了魔杖。我们都知道，若巫师没有得心应手的魔杖，咒语的力量就会大打折扣，伏地魔和哈利都曾有过类似的经历。若根本没有魔杖，那绝少有巫师还能实施魔法。

为了不让麻瓜出身的巫师们获得民众支持与物质帮助，怀有同情心的人们再次成为攻击的目标——亚瑟·韦斯莱在这一点上仍然给了我们很好的例子。谁能忘记，当马尔福看到韦斯莱一家与格兰杰一家在一起时，他是如何冷嘲热讽的：“我的天，要是连个好报酬都捞不到，做个巫师中的败类又有什么好处呢……看看你交的朋友，韦斯莱……我本以为你们一家已经堕落到极限了呢”（密室，62）。德拉科也亦步亦趋地应和着说，“圣人波特是泥巴种的朋友……也属于没有纯粹巫师感觉的人”（密室，223）。

对待不顺从的纯血巫师的态度与歧视。“我们全家都背叛了自己的血统！在食死徒看来，这跟麻瓜出身一样糟糕！”这就是罗恩的想法（混血王子，242）。而事实上，基于伏地魔难以匹敌的魔力，这也是基本的事实。对于那些在意“血统成分”的人而言，旁人对血统地位的漠视就意味着莫大的罪恶。我们也可以想一想：那些人为何如此在意？如果他们笃信自己的信念，那又何必害怕别人的想法呢？

一些较为宽容的纯血巫师并没有得到官方的支持，反而却遭受了和麻瓜出身巫师一样的打击报复。到处都是身份确认和污蔑诽谤，在这一点上布莱克夫人与克利切的做法最为典型。克利切似乎不那么在意小天狼星对他的恶劣态度，反而为“那些肮脏的泥巴种朋友”耿耿于怀（混血王子，420）。

物种歧视

本书第二章中详细探讨了魔法世界中针对不同物种的法律条文与具体规定。在本章中我们将分析魔法世界中对待非人类神奇生物的意识形态与社会习俗。

本书的主要内容都是基于全套七部的“波特正传”，但这里也有必要提一下罗琳以“纽特·斯卡曼德”为笔名所著的另一本书《神奇生物在哪里》。这本书精彩讲述了魔法世界里各种生物的区别与分类问题，当然这种分类不仅尚存争议，而且并非自然形成。

斯卡曼德告诉我们，魔法世界中公认有三种不同形式的生物：野兽（beast）、生灵（being）与精灵（spirit）。“生灵”是一个有着重要政治意味的分类，因为在哲学和法律的意义上，“生灵”是“有资格拥有法律权利，参与魔法世界治理工作的一种生物”（Scamander x）。

“哪些神奇生物应该被归类为野兽，以往在这一问题上的做法是非常粗陋的”。首先被采纳的标准是看这一生物个体有四只脚还是两只脚。但这一做法带来了不少问题，拥有高度智慧的马人被排除在外，而巨怪、巨人以及大部分近似鸟类的生物就被包括了进来。斯卡曼德告诉我们另一种标准，即这一生物是否能够使用人类的语言，但这么做也有问题，因为有些生物经过调教可以模仿人类说话，却并不能真正理解语言。此外，这一标准也排除了人鱼，因为当人鱼离开水面后只能讲他们自己的语言（Scamander vx and xi）。

正因如此，分类始终混乱不堪、争议不断。斯卡曼德指出：

直到1811年，魔法世界才基本达成了一种普遍接受的定义……［生灵］是有着一定智慧的生物，它们可以理解魔法世界的法律，并可以承担一部分制定法律的责任……但这样并未彻底解决问题。我们都知道还有不少极端分子一直在要求把麻瓜也归入野兽的类别(Scamander Xii)。

因此这些分类都并非天然形成，像我们这个世界上的许多分类那样，都是政治与社会运作的产物。这些标签的定义含糊，内容不断变化，就好像人马给“野兽”这个类别带来了新的含义，或者说“同性恋”或不同的种族名称给 LGBT 群体带来了不同的意义。事实上，“野兽”和“生灵”这两个标签之间并无明确差异，所以有些个体时而可以被划归为野兽，时而又可被归为生灵。例如，魔法世界中有一个机构——狼人援助办公室，专门负责狼人在变形阶段的特殊需要，而在此阶段狼人就被看作是“生灵”。但是，如果狼人变形后四处游走危害社会，这一问题就归属于专门的“抓捕”机关，隶属于“野兽”的管理部门。

若我们可以预测整个群体的价值与行为模式，那么就可以基于预测而非现实的行为来相应采取各种个人或社会行动。

对其他神奇生物的态度在这个问题上也不乏平等主义者——包括像赫敏那样明确希望全部神奇生物都享有平等的地位，甚至不惜强行改变那些不需要享受平等的生物，这方面的内容可参见第三章。赫敏确实是一位平等主义者：她相信所有的半人类都应该得到与人类相同的待遇。“说实在的，我们犯不着为巨人那么神经过敏。他们不可能都那么可怕……这是一种偏见，就像人们对狼人的态度一样……只是一种先入之见，不是吗？”（火焰杯，433—434）。无独有偶，当福吉问邓布利多，他是否也知道“马克西姆夫人是混血巨人”时，邓布利多只是回答说，“我认为她是一位非常能干的女校长——而且舞跳得很好”（火焰杯）。

当然还有不少人认为神奇生物虽有不同的类型，但能力大体相当。例如妖精与巫师虽然具体能力不同，但也能算是旗鼓相当。赫敏虽然时常对其他神奇生物所遭受的不公平待遇提出批评，但她也认为妖精确实有自卫的能力。

“怎么，你又开始为讨厌的小妖精们操心了？”罗恩问赫敏道，“又想成立一个 S. P. U. G. 什么的？丑陋妖精保护协会？”

“哈，哈，哈，”赫敏讽刺地说，“妖精才不需要保护呢。你没听见宾斯教授讲妖精叛乱时是怎么说的吗?”

“没有。”哈利和罗恩同时说道。

“听着，他们非常擅长对付巫师，”赫敏说着，又喝了一口黄油啤酒，“他们非常聪明。他们才不像家养小精灵那样不会维护自己的权益呢。”(火焰杯，449)

最为危险的，就是一小部分巫师把其他的神奇生物——或者说是任何的神奇生物——都看作是低人一等的劣等生物，根据“第十五条法令的第二款”，至多也就是拥有“接近人类的智力”而已（凤凰社，755）。

看着哈利度过了第一年的学习生活，我们这些麻瓜们都会不免感到上述想法有些荒谬。因为魔法世界中存在着种类繁多的各种生物，有的拥有巫师那样的高级智能（如狼人、妖精和人马），而有的像巫师那样胸襟广阔富于感情（家养小精灵和狼人），而有的却似乎既无智慧也无感情（如巨怪和巨人等）。这些生物之间的差别就像它们与人类之间的差别一样迥异，为何有人对此却视而不见呢?

在大多数情况下，对其他神奇生物的恶意迫害实际是来自于恐惧（当然在地精的问题上，有时只是纯粹感到讨厌）。例如，邓布利多曾经告诉哈利，“狼人在很多人眼里并不值得信任，他的证词分量很轻”，也就是说小天狼星与卢平的友谊非但无法帮助他恢复信誉，甚至还可能损害他的信誉（阿兹卡班的囚徒，392）。正因如此，西弗勒斯佯装无心地透露出卢平是狼人的真相，这也就等于直接递给他一封解聘通知书：“明天这个时候，猫头鹰就会送来家长的信……他们不会愿意让一个狼人教自己的孩子的。哈利，经过昨晚的事，我认为他们是对的，我很可能会咬伤你们……这种事绝对不能再发生了”（阿兹卡班的囚徒，423）。

这类态度中最为危险的一点，是假定某些行为特征的根源是特定生物的某种“本性”。这一想法很有问题，因为这不免令人推测，既然某些特征是由基因决定的，那么该群体所有成员都先天具备了这一特征。人们不再进行个体分析，反而代之以宽泛概括——由此也为原本并不必要的迫害行动找到了借口。但这一假定是错误的，因为基因科学告诉我们，某些基因特征即使存在也未必会表现出来，还可能因基因突变而消失。

让我们暂时回到麻瓜的历史，来看看纽伦堡法案中的一些内容。法案中不少内容都指出纳粹错误地假定犹太人的“本性”中存在某种特征，对德国全境内所有的犹太人都适用。纳粹种族主义理论家还声称，犹太人本性就是贪婪、肮脏、狡诈，这是由基因所决定的，无法改变。因此，人们便找到了充分正当的理由对犹太人进行抵制，甚至将他们从政府及其他领域驱逐出去。

这类基因决定论的谬论在哈利的世界里也不少，例如福吉就怀疑马克西姆夫人篡改了三强争霸战的选拔程序，因为“那女人是个什么（混血巨人）”（火焰杯，580），而仅仅因为海格有巨人的血统，乌姆里奇甚至还没见面就坚信他智能低下（凤凰社，480）（她还认定卢平是一个“危险的杂种”，并认为马人费伦泽完全不称职）（凤凰社，600）。

由此可见，这类假定在魔法世界中流传已久，影响至深。不仅卢平自己都认为家长们不会希望一个狼人来教育自己的孩子，卢修斯·马尔福也能据此让魔法部相信，德拉科因巴克比克受伤全都是海格的责任。

像罗恩这样的孩子，生长在一个思想宽松、对麻瓜充满好奇心的家庭中，可他也“想当然”地认为海格的血统比较重要。哈利“忽然醒悟：大多数巫师发现某个朋友的母亲是个巨人时，都不会问‘那又怎么样？’的”（火焰杯，429）。罗恩接下来更清楚地表明了自己的意思，“这是他们的天性，他们就像巨怪一样……生来就喜欢杀人，这点大家都知道”（火焰杯，430）。甚至当海格尝试外交努力后，他自己也承认了这样的结论（凤凰社，430）。

海格和马克西姆夫人的交往还体现出麻瓜世界里司空见惯的另一个现象：凭空捏造的自卑感会成为自我实现的预言。那些已被认定为“正常”或是强势群体的成员往往害怕暴露自己的不足，因此就会产生各种负面的社会刻板印象。如果强势群体从不接纳那些少数族群中“合格”的成员，那么他们就会永远对少数族群成员间的多样性置若罔闻。正如海格所说的，“有些人甚至假装说自己是骨架子大，而不敢大胆地说真话——我就是我，没什么可羞愧的”（火焰杯，455—456）。在这一点上，马克西姆夫人是可以有选择的：基于她事业上的成就，她完全可以大声（或许是用法语）说“我是混血巨人，你们看看我的成就”，这样也许有助于消除人们有关巨人愚蠢粗暴的坏印象。但如果不这样做，她就可以保全目前的名望。现在她必须死守这一个谎言，而且她始终不愿努力为自己的同类赢得更多的机会。

比尔也曾经警告过哈利、罗恩和赫敏，提醒他们在与拉环交往时要小心，而警告的理由也仅仅是因为拉环是一个妖精，“我们是在讨论另一种生物……许多个世纪以来，巫师和妖精间的交往充满矛盾……一些妖精认为，古灵阁的妖精也许更容易认为：涉及金子和财宝时，巫师就不可信任，并且巫师不尊重妖精的所有权”（死亡圣器，517）。

针对其他物种的歧视形式。正如针对不同血统地位的巫师的歧视那样，针对其他神奇生物的歧视也会有许多不同的形式。有些比较个人化、形式肤浅，而有些则可能上升到官方层面，手段极端。

我们知道有一些生物是明确禁止接受魔法教育的。在霍格沃茨学院，这一规定似乎是由校长决定的。在邓布利多担任校长之前，霍格沃茨学校是不允许接受狼人的，但邓布利多不仅愿意接受卢平，还想尽办法为他提供帮助，比如特意栽种了打人柳，建起了尖叫棚屋，还专门设计了安全通道帮助他在变身阶段撤离霍格沃茨（阿兹卡班的囚徒，353）。

个人心中的偏见毫不意外地又一次演化升级，成为某种社会制度。我们知道乌姆里奇曾起草法案，令卢平无法再找到工作，而雇主们当然也有自己的办法排挤狼人——卢平对邓布利多对他的信任深怀感激，他说：“我长大后，一直受排斥，找不到一份有收入的工作，又是邓布利多录用了我”（阿兹卡班的囚徒，356）。其实我们也不难猜测到他的艰难处境，因为他“穿着一件破烂不堪的巫师长袍，长袍上好几个地方都是补过的。他看上去病快快的，一点儿力气也没有”，而且“虽说他的样子还很年轻，但浅棕色的头发已经有点花白了”（阿兹卡班的囚徒，74）。正相反，如果这情形发生在麻瓜的世界，那么霍格沃茨在法律上有义务照顾卢平的难处，除非这样做会给学校或其他居民带来“巨大的困难”。莫里斯和卡罗是这样评价的：“邓布利多作为校长为妥善安顿卢平花费了不少心思，但这么做并不完全是自找麻烦。邓布利多安排卢平每个月变身阶段前往尖叫棚屋，不仅照顾了卢平的需要，也保护了霍格沃茨的学生免于遭受狼人的威胁。”卢平的例子也再一次表明，教育与就业方面的歧视会对受害人的未来发展产生深远的影响。卢平在当上教授后，还是会遭受马尔福这样的学生所表现出来的不敬态度，仅仅因为嫌弃他不修边幅的外表（阿兹卡班的囚徒，88）。

另外，所有的非人类生物都被剥夺了使用魔杖的权利。读者大概应该记得闪闪在魁地奇世界杯上变出黑魔标记后被抓，迪戈里就引用说“这就首先违反了《魔杖使用准则》的第三条：任何非人类的生物都不得携带或使用魔杖”（火焰杯，132），而这甚至包括了那些自认为与人类平等甚至更加优越的神奇生物。“带魔杖的权利，”拉环曾告诉我们，“是巫师与妖精争夺已久的”。当罗恩反驳说“妖精可以不用魔杖而施魔法呀”，拉环回答道，“那不是实质！巫师拒绝让其他魔法生物分享魔杖学问的秘密，不让我们扩大势力！”（死亡圣器）。很显然，巫师在一定程度上是使用威胁手段剥夺了妖精的这项权利。

最后几点

到此为止我们一直是从巫师的角度考虑不同生物的地位问题。但罗琳在书中提示我们还可能有其他的视角，这个问题也因此变得更加复杂。虽然家养小精灵们对巫师的法规表现得非常巴结，向他们这样对巫师满怀敬意的生物并不常见。

又如马人，他们清楚认定自己的身份优于巫师，更明确说到：“我们不认可你们的法律，也不认可你们的优越感”（凤凰社，757）。马人对于他们与马接近的长相似乎特别敏感。贝恩曾经问赫敏，是否她认为马人“只是漂亮的会说话的马”（凤凰社，757），还曾严厉指责费伦泽背着哈利：“你让一个人骑在你背上！你不觉得丢脸吗？难道你是一头普通的骡子……我们没必要像驴子一样，跟着在我们森林里迷路的人类后面乱跑！”（魔法石，257）。我们后来还知道，因为费伦泽对邓布利多的忠实，以及他受聘在霍格沃茨学校教学，他遭到了同类的驱逐，差

点牺牲了性命。费伦泽第一堂占卜课上曾告诉他的学生们，“马人并非人类的仆人或宠物”（凤凰社，602）。

马人对所有权的概念也与巫师们不同，关于这一点，他们在质问乌姆里奇为什么会在“他们的”林子里时，表达得非常清楚（凤凰社，755）。至于乌姆里奇争辩说他们能在林子里“是因为魔法部允许你们占据一些地盘”，马人对此不屑一顾。许多读者在此不免会联想到，美国政府在美洲印第安人问题上的立场与当地人的观念也是背道而驰的。美洲印第安人认为人类只能管理他们所居住的土地，而不能拥有它。

上述情况是否仅仅适用于马人这个种族呢？显然，妖精对于所有权的观念也与巫师不同。我们从《死亡圣器》一部中了解到，妖精们认为他们所制作的一切物品都只能暂时租借给巫师，所有由妖精所制造的物品都理所当然地属于妖精。正因如此，比尔才会告诫哈利、罗恩和赫敏，说拉环可能会就此行事——这并非是说拉环或所有的妖精本性邪恶，而是说由于妖精与巫师之间长期敌对，势不两立，因此妖精并不信任巫师——这是一种社会造就而非天然形成的仇视心理。

同样还有其他一些生物也直接而激烈地表达过对“普通”巫师的不满，并时常呼吁采取报复措施。卢平作为一个典型的狼人，也曾表达过这样的意思：“格雷伯克坚持认为我们狼人应该吸血，应该对正常人进行报复，我不敢说我的那种理智的辩论对他有多少效果”（混血王子，335）。

结　论

罗琳在她的笔下意味深长地刻画了麻瓜对巫师的鄙夷。当我们第一次通过德思礼一家人的视角与态度观察魔法世界的时候，她首先为我们呈现的画面是“家住女贞路4号的德思礼夫妇总是得意地说他们是非常规矩的人家，拜托，拜托了”（魔法石，1）。“在他们看来，家里有一个巫师是莫大的耻辱”（密室，3—4）。事实上，德思礼一家把“魔法”一词视作污言秽语，甚至仅仅把它说成是“那方面的词”（密室，2）。

当弗农姨夫听说还有一个魔法部时，他恶声恶气地说道：“你们这样的人也能在政府工作？哦，我总算都明白了，都明白了，怪不得这个国家一天不如一天呢”（凤凰社，29）。

尽管德思礼一家对巫师的偏见至深，我们却不难猜想世界各地多少都有着针对巫师的偏见思想。阿不福思曾说家人把阿利安娜藏起来不是因为她是个哑炮，而是因为麻瓜世界在某种程度上迫使巫师们不得不躲藏起来（死亡圣器，566）。我们也看得出来，那些针对麻瓜和麻瓜出身巫师的敌对情绪并不是伏地魔完全凭空捏造的。罗琳在书中清楚地表明，有不少巫师都遭受过麻瓜的欺负或迫害，其中也包括阿利安娜，也正因如此，邓布利多的父亲才会出手袭击了试图侵犯女儿的麻瓜。

正如一些巫师会把不懂魔法的人视为低人一等，许多麻瓜反而会认为巫师才是不正常的变态，更无权统治他人。这两方都坚持各自极端对立的立场，均无法客观公允地看待这个问题，也无法理智地看到他们之间其实还有不少共同点。

我们这些麻瓜与多种多样的生物共享着这个世界。许多生物有着堪比人类的力量，也有不少生物的能力超越了人类。在麻瓜的世界里，我们既不是最壮硕的，也不是最迅捷的，更不是最灵巧的生物。很可能我们的智能也不是最高的。哈利非常幸运，他可以有机会与他的世界中许多神奇的生物交流沟通。而我们麻瓜却无法与地球上非人类的生物交流，这就意味着我们罕有机会去体验他们的视角，也无法知晓他们对人类的理解、他们的生存方式以及他们的处世之道。

第五章
邓布利多军：来自底层的反抗

“又想领导家养小精灵出来罢工，是吗？”乔治问，“你准备放弃那些传单之类的玩意儿，动员他们起来造反？”

——哈利波特与火焰杯（367 页）

无论在哈利的世界还是其他地方，弱势群体们总是面临各种不利条件，他们反抗的努力也往往难以成功。在许多地方，政治运动的起点并不是“人类生来平等”。我们当然也可以像赫敏那样坚持认为，对于那些基本的物质产品、政治产品与民用产品而言，所有神奇生物都拥有基本的权利，但在谋求政治权利这个方面，有些神奇生物显然拥有某些特性，这赋予了他们某种与生俱来的优势（或者劣势）。内尔曾指出，在整部作品中，即使不提魔法部的腐败问题，“罗琳似乎更乐于见到权力在非官方的网络间畅行，似乎这种政治运动的精神比禁锢于官方渠道中的权力更为民主。罗琳本人对政治运动并不陌生，她也曾暗示说，政治活动家比公共政治家更值得我们信任”（40）。

许多神奇生物要么遭受过魔法师的剥削迫害，要么自认为如此。在这种情形下，他们往往会进行反抗，或采取其他被政治学家称作“非常规政治参与”的行为。若我们回望魔法世界的历史，会知道至少在1612 年就曾发生或一次妖精叛乱（火焰杯，77）。当我们了解了像拉环这样的妖精后，便不难想象可能曾发生过更多的妖精叛乱！当然还有赫敏为家养小精灵所展开的并不太成功的解放运动。

集体行动与社会运动的理论背景

政治学家力求解释的最重要概念之一就是集体行动。乍一看来这似乎非常容易解释：如果人们有着近似的目标，他们就可能会团结在一起。可问题在于，许多目标是“公共产品”，也就是说，这些目标是公共的——不论个体是否参与谋求该目标，它都会惠及每一位个体。这就是我们在第二章中提出的“集体行动的问题”，当一个公共产品需要经过努力才能获取时，最容易产生这个问题。若所需的努力太过艰巨，那人们会失去为之贡献力量的动力。他们会认为，若其他人努力谋求这个公共产品，那不论他们自己是否付出，最后也将从中受益。

在此我将从我们现实的世界与哈利的世界中各举一个例子来说明。

许多环境方面的挑战都可能带来集体行动上的问题。公共产品的一个经典例子是公共草场，也就是在现代欧洲早期的村庄附近那些公共所有的牧场（Ostrom，1990）。公共草场往往存在过度放牧的问题，因为既然人人都在那儿放牧，大家都不想放弃使用这个公共资源的机会。当然，如果公共草场的放牧是可持续的，那对于全体使用者来说都将更好，可没有人愿意主动停止放牧。大部分人都会假定其他人会去照顾草场。可既然每个人都如此假定，结果就是很少有人真正顾及草场的可持续性问题。废品回收也是一样的道理。我们都知道如果人人参与废品回收，减少使用不可再生资源，减少土地、水与空气污染，那我们终将创造出一个可持续的健康环境。不过，若有人不进行废品回收或其他环保活动，却依然能够享受到我们所创造的更可持续的清洁环境，我们并不能将他们排除在外。我们目前也无法制止那些非环保人士继续购买那些不可再生资源，用完后又随手丢弃，也无法强制他们生活在自己制造的垃圾堆中。这主意听起来虽然很吸引人，但却只是个幻想。

对于我们这些人而言，废品回收只是举手之劳，只需将废品投入日常垃圾箱边的另一只箱子里而已。既然成本低廉，即使我们未必强烈认同环保与废品回收的理念，也可能愿意参与回收。但对于其他人来说，废品回收可能是意味着长途驾车才能抵达回收中心，或者要费心将各种废品一一分类，或者还要为回收服务额外支付费用，那他们又会怎么做呢？在这样的情形下，只有那些真正投身环保事业的人才会愿意参与废品回收工作。也可能有些人会选择不参与回收工作。我们从废品回收中能得到的好处都是间接的——我们不可能按照每个人参与回收的量收获相应比例的清洁环境，最终的回报是基于我们社区中每个人的努力，当然这还取决于当地政府的投入，在一定程度上还要看国内或国际范围内的相关投入。正因如此，当地政府应该尽量简化废品回收的工作，这一点是非常重要的。我们固然希望拯救地球，但也希望做法尽量简便易行。

简而言之，一旦涉及公共产品的问题，那么未必每一个想要获得公共产品的人都会为获取它而作出贡献。

在哈利的世界里有没有类似的例子呢？最明显的也许就是，若能阻止伏地魔的阴谋，人人都将因此受益。但人们也知道，若要阻止伏地魔的恶行也必须付出惨烈的代价——死亡，若努力失败，甚至可能生不如死，度日如年。面对高昂的代价，即使人们知道自己若不参与就难以获得成功，也会不愿采取行动。当公共产品与当局者的利益相矛盾时，争取公共产品的集体行动是最难开展的。许多政治学家和人类学家都认同这一道理，并以此解释为何革命不会频繁发生。

政府为了提高抵抗的成本，还会采取一系列的策略，例如控制信息、控制新技术、操控政治利益、试图切断政权挑战者之间的联盟关系（也就是“各个击破”的策略）。许多民主国家都曾使用过这些策略来对付各种所谓“颠覆活动”或者反政府活动，例如那些20世纪60年代的抗议活动或者今天的一系列“占领”活动。

在这一点上，麻瓜世界与魔法世界中的社会关系再次表现得如出一辙。例如《预言家日报》理所当然地满篇刊登魔法部的一家之言竟然毫不羞愧。当哈利完成了三强争霸赛后度过了一个默默无闻的假期，结果一开学就发现，《预言家日报》不再称他为“幸存的男孩”，而是“说谎的男孩”，而且也接连不断地质疑邓布利多的头脑究竟是否清醒。这背后的动机当然是诱导人们不去相信哈利（与邓布利多）的言论，转而接受魔法部灌输的各种信息。魔法部的宣传手段还不反如此，多洛雷斯·乌姆里奇印发了骇人听闻的小册子《泥巴种及其对纯血统社会的威胁》——若非如此凶险的面目，这个法规听起来只怕会让人笑掉大牙，可这也正是一个生动的例子。

魔法部还力图垄断政治利益和先进科技成果。我们知道“这些日子邓布利多在部里名声扫地”，而且“福吉明确指出，凡是与邓布利多有任何瓜葛的人都不能再呆在部里”（凤凰社，71）。珀西正是因为在这个问题上与莫丽和亚瑟意见不合而赌气搬出了陋居。麻瓜政府似乎也总是率先利用最新的科技成果。例如针对政府对“占领”运动所采取的回应，最有意思的争辩就是关于政府对群众进行远程监控、对手机通讯进行监听的做法是否合法。无独有偶的是，伏地魔及其党羽在占领魔法部后，也可以对人们进行追踪，而且只需监听人们是否说了他的名字而已。这一法力似乎只是伏地魔所独有。

不过书中也一再提到，伏地魔最厉害的武器是他能够拆散人们之间的纽带与联系，然后将各个团体逐一击垮，否则人们一旦团结一致将无法战胜。邓布利多就曾警告大家说，“伏地魔制造冲突和敌意的手段十分高明。我们只有表现出同样牢不可破的友谊和信任，才能与之抗争到底。只要我们目标一致，敞开心胸，习惯和语言的差异都不会成为障碍”（火焰杯，723）。邓布利多此番话虽则激昂，却也不免保守。当伏地魔即将死灰复燃之际，四下里弥漫着怀疑与贪婪的气氛，人们往往会将他的警示抛诸脑后。邓布利多充分认识到伏地魔离间对手逐个击破的能力，他敦促福吉向那些通常被排斥在魔法世界之外的少数生物求助，建立联盟共同迎敌。可福吉一贯心胸狭窄，偏见深重，他担心一旦那么做，人们就会知道伏地魔死灰复燃，这会影响到自己的声望。如此一来，邓布利多就只能孤军作战。他派遣海格去拉拢巨人，可是为时已晚。伏地魔已经抢得先机，巨人们已经投向伏地魔一方，对海格的提议毫不理睬。

与之形成鲜明反差的是一些针对恐怖行动的过激反应。有些领导人未经深思熟虑就使用反恐战争的思路扩大他们对国内民众的控制范围，这些控制方式非但不必要，还有违基本人权，如按照美国爱国者法案可以未经许可进行监听，但该法案本身就存在有违宪法的嫌疑。

权力当局压制抵抗运动的最后一种形式不仅秘而不宣，同时影响深远。在社会运动理论中有一个重要的讨论，是关于“精英阶层在多大程度上可以将他们自认为公正的社会秩序强加于人，不仅强加于非精英阶层的行为层面上，还强加于他们的意识层面上”（Scott，39）。这个问题还可以换一种问法：那些执掌权力的阶层是否可以创建出一套外部的标准来限制和控制可能发生的抗议活动呢？若要更好地理解这个抽象的问题，让我们先来看看哈利世界中的两个例子：我们将第一个称作“中级限制”，也就是政府对抗议活动进行直接明确的限制；另一个称作“高级限制”，政府试图改变游戏规则，进而影响抗议活动的策略。

福吉就曾用非常直接和明确的方法限制抗议活动，阻挠年轻巫师们接受战斗训练。不过既然这种限制非常明确而具体，那解决方案也就一目了然了，那就是用其他方法去学习那些遭到禁止的技能。建立邓布利多军就是针对福吉的直接限制所采取的直接回应。

《对未成年巫师加以合理约束法》则是一种更为宽泛的限制，对各类规则进行了限定，抗议策略必须在规则所允许的范围内制定。这一法规非常笼统，即禁止未成年巫师在学校以外使用魔法。但我们随后也了解到这一规定也有例外情况，例如在家中是由家长具体执行该法规，此外出于自卫也可以允许例外。而且对于违规行为的处罚也并不统一。哈利在四年级与五年级之间那个暑假用了一次“呼神护卫”咒，结果接受一整套刑事审判程序——邓布利多明确表示这种惩罚措施已经改变了原先的规定。就算忽略上述各种不一致的情况，该法规本身的阐释也存在很大的任意性。例如，根据法规，不论是否与课程或其他官方活动有关，学生在霍格沃茨学院内或霍格莫德村子里都可以不受约束地使用魔法。甚至这一法规的名称也不无问题。什么是所谓“合理的”或者“不合理的”约束呢？孰是孰非的判断标准是否会因时间与环境而发生变化呢？

在上述法规基础上形成的对异见人士的规约就属于较为高级的限制，因为法规将“裁决”合理与否的权力交给了成年人，更重要的是，交给了魔法部。当然，这些制约也可能是非常微妙的，例如不同阶层的人对自己在现有体制中所扮演的角色及利害关系应该会有不同的理解——而这正是伏地魔掌控下的宣传机构希望能够达到的效果。

反抗的日常形式

抗议活动不仅受制于政府的中级或高级限制，还受到上文所述的一系列策略的打压，因此较为明智的做法是采用政治学家詹姆斯·斯科特所说的“日常反抗形式”。他所著的《弱者的武器：农民反抗的日常形式》一书已经成为有关持异见人群反抗运动的经典研究之一。在该书中，斯科特区分了两类不同的反抗策略。一种是全面的反抗；而当公开反抗遭到强有力的压制时，就可能出现另一种更为隐蔽的个体化的反抗策略。书中年轻的巫师们也许与斯科特所研究的马来亚农民看来很不相同，但细读之后不难发觉，年轻巫师们在日益逼仄的世界中所体会到的无力感，其实与我们麻瓜世界里许多受压迫阶级的体会非常相似。

斯科特提出，这些“反抗的日常形式……几乎不需要协调或计划；它们通常表现为一种个体的自助形式；它们避免直接地、象征性地与权威或主流对抗”（Scott，29）。

> 日常反抗是非正式的、通常是隐蔽的，并且以关注直接的实际的物质获取为主……（成功）的可能性经常与表面上的象征性遵从的程度成正比。几乎在任何情况下，公开的反抗都比日常的反抗更易招致迅速而残酷的镇压，因为后者虽然很普遍，却从不冒险挑战等级制度与权力的正式定义。对大多数从属阶级而言……此种形式的反抗成为其唯一的选择。在这种象征的束缚之下，却往往能够证明人类的坚韧性和创造

力。(Scott, 33)

反抗的日常形式有一些重要的内容，包括消极抵制、拖延、装聋作哑、阳奉阴违、纵火和蓄意破坏，当然还有被斯科特称为“道德元素”的一些策略，我们在下文会略作探讨。

这方面邓布利多军是一个很好的例子，我们可以从中检视一些日常反抗的具体形式。不过，值得注意的是，邓布利多军力求解决的集体行动问题并不是为了直接给大家提供公共产品。当然，他们获取自我保护的能力最终一定能带来公共产品——即彻底打垮伏地魔。不过小组成员们向哈利学习防御术用社会运动理论家的话来说其实是一种特殊产品，只有成员自己才能从中受益。这是利益集团常常采用的一个典型策略，以增加团队成员的归属感，克服可能产生的集体行动问题。当大家获得的好处只有公共产品的时候，便很容易产生这类搭便车问题。不过邓布利多军不仅仅是一个有利可图的学习小组，它还给小组成员提供了一个安全的平台，令他们可以开展多种多样的所谓“日常抵抗形式”。

首先，这个小组非常隐秘。当大家开始考虑在哈利的指导下自学时，赫敏曾说过，组织邓布利多军并没有违背任何校纪校规。赫敏所言非虚，她本人更是对此坚信不疑。在猪头酒吧第一次碰头会的末尾，她还曾说过：“我——我想让每个人把自己的名字写下来，这样我们就知道今天来的都有谁了。我同时还认为……我们应该一致同意不把我们要做的事情张扬出去。所以你们一旦签了名，就表示同意不把我们的事情告诉乌姆里奇或其他任何人”(凤凰社, 346)。同样道理，海格与巨人部族的斡旋肯定也是秘密进行的。

在某种程度上，“抵抗的日常形式”之所以能吸引众多反抗者，正是因为那是一种“遮遮掩掩”、“偷偷摸摸”的秘密行动。对于无权无势的阶层来说，这是他们在日常细节中，在执政当局无法知悉的情况下，重新声张个人权力的一种途径。许多抵抗麻瓜政府的持异见人士都会认同哈利的感受，那种“就在（魔法部）的眼皮底下”行动的感觉总能够提振士气，令人充满斗志。

其次，消极服从大概是每一个学生军团最得心应手的得力武器。霍格沃茨学校的师生们也不例外。在消极服从的表象之下，人们不容易看出实质的违抗意图，即使被怀疑也可以装疯卖傻地敷衍过去。小说中有不少类似的例子。有一次乌姆里奇急于用吐真剂对邓布利多军成员进行逼供，而斯内普教授竟然堂而皇之地拒绝提供吐真剂。其他教师似乎也都采用过消极服从的策略，当学校陷入混乱时，教师们似乎“没有能力”帮助乌姆里奇控制局势，这不禁让我们怀疑他们是不是也在有意制造混乱。

斯科特所列出的第三个手段是拖延，这也是我们在学生时代常常采用的策略。赫敏一贯严格守时，有时不免显得偏执古怪。也正因如此，当她欲言又止、结结巴巴地对乌姆里奇解释邓布利多军的所谓“秘密武器”时，我们马上就能猜出她实际上是故意拖延以求缓兵，然后诱敌深入，将她带入危险的禁林。我们也知道邓布利多本人也不会反对为更重要的目标而故意拖延。在哈利三年级时，当巴克比克即将行刑前，邓布利多一反常态，对福吉与麦克尼尔啰嗦了很多话。多亏他如此争取来的几秒钟，才使得哈利与赫敏能够解救巴克比克！

另一个手段是装聋作哑（或者误传事实），而这却是哈利不太擅长的。斯内普教授、邓布利多和赫敏都能看穿他的心思，甚至当人们劝告哈利保持沉默的时候，他通常也无法做到。当乌姆里奇给他们上第一堂课时，哈利因冲她大喊大叫而受到惩罚，他真有必要这么做吗？我们对此也表示怀疑。不过，随着他日渐成熟，他似乎也逐步学会了心平气和地慢慢说出真相。在六年级的时候，哈利曾向斯拉格霍恩咨询魂器的问题。起初他的方式并不恰当，于是他便学着耐心等待、静候时机，巧妙地利用了斯拉格霍恩的弱点来实现自己的目的。也就在同一年，他决意隐瞒混血王子的教科书，也确实成功隐瞒了一段时间。当然也有人会说他这样装聋作哑算不上长期坚持政治运动，而只是为了暂时提高学习成绩而已。

哈利的那本写满笔记的二手教科书其实应当算作斯科特提出的另一个手段，即阳奉阴违。政治活动中的阳奉阴违是某人仅仅在处于被监视状态时，才表现得循规蹈矩（例如遵守限速规定）。阳奉阴违与被动服从伴随出现。哈利在魔药课上表现出极大的学习兴趣，而实际上只不过是照搬“混血王子”的笔记而已。同样道理，每次哈利和罗恩抄袭赫敏的作业，他们都会装模作样地按照课程要求进行独立阅读与论文写作。

顺手牵羊是一个更为明显的抵抗形式。弗雷德和乔治两人出入学校厨房如入无人之境，而哈利、罗恩与赫敏的目标则更有战略意义。他们几乎每年都会潜入斯内普教授的办公室，偷取原料研制复方汤剂和其他非法药剂。

装傻充愣的手段既可以与上述任何一种其他手段合用，也可以单独使用。哈利、罗恩与赫敏装傻充愣、刻意隐瞒的事情实在多不胜数。无论是对于邓布利多军的事情、小天狼星的下落、凤凰社的成员身份，还是德拉科的行踪、海格的活动和遭到驱逐的原因，还有许多其他的事情，他们都三缄其口，装作一无所知。相信每一位读者都会津津乐道于这些精彩片段，但我们也知道不止是哈利懂得装傻充愣，邓布利多其实也是一位伪装大师。他言辞巧妙，不用说谎也能很好地隐瞒真相。无论是投射在厄里斯魔镜中的影像，还是对哈利与伏地魔之间关联的怀疑，邓布利多都守口如瓶，秘而不宣。

另有一个颇有些狠毒的日常抵抗形式是诽谤。霍格沃茨校园里的学生们虽然比不上丽塔·斯基特这样的专业人士，但他们也会在小圈子里散布有关马尔福一家及其同伙的各种消息，尽管这些消息只有海格、小天狼星、韦斯利一家等一些人知道。不过，这一做法也不无好处，人们可以借此机会在强权面前说出真相，哪怕只是在很小的圈子里。

斯科特所列出的最后两个手段是纵火与蓄意破坏，这两项看起来尤其吸引眼球——正好像弗雷德与乔治在离开霍格沃茨之前在校园里搞了一场大破坏。围观的师生也都看得目瞪口呆。正如卡斯特罗所说“最让当权者感到尴尬的莫过于当众出丑了”（Castro，Lackey，129）。当大家对乌姆里奇的积怨渐深，老师们个个怒火中烧，怨声载道时，正如比勒所总结的，对于老师们来说，“弗雷德和乔治的策略创造出了一个颠覆性的新世界”（Bealer，Anatol，2009：182）。

我们最后要讨论的一项手段是斯科特列表中最难定义与衡量的，也就是他所说的“道德元素”：“他们所拥有的最有力的武器就是共同承担的道德责任”（Scott，38）。这样的武器虽不如刀剑锋利，也不如棍棒硬朗，却最终成为他们最重要的武器——就连伏地魔也对此无可奈何。

第六章
食死徒与黑巫师：恐怖与反恐

“我不明白，”罗恩皱着眉头说，“我的意思是……说到底，这只是半空中的一个影子……”

“罗恩，神秘人和他的信徒每次杀了人，都要在空中显示黑魔标记。”韦斯莱先生说，“它带来的恐惧……你不知道，你还太小。你想象一下，你回到家里，发现黑魔标记就在你家房子上空盘旋，你知道你进去后会看见什么……”韦斯莱先生打了个哆嗦，“这是每个人最恐惧的……最最恐惧的……”

——《哈利·波特与火焰杯》(142)

“黑魔法，”斯内普说，“五花八门，种类繁多，变化多端，永无止境。与它们搏斗，就像与一只多头怪物搏斗，刚砍掉一个脑袋，立刻又冒出一个新的脑袋，比原先那个更凶狠、更狡猾。你们所面对的是一种变幻莫测、不可毁灭的东西。”

“你有没有听见他谈黑魔法时的那种口气？他喜欢它们。”

“是啊，”赫敏说，“我觉得他的口气有点儿像你。”

——《哈利波特与混血王子》(172，180)

还可能有比食死徒更具代表性的恐怖[1]组织吗？他们的面具，他们对夸张效果的热爱，他们在选择目标和策略时的感情用事以及他们在光天化日之下的隐藏能力——这一切都让他们成为世人集体公认的最典型的“恐怖组织”。与此同时，他们也困扰着魔法部这一合法政权，让其不知该如何阻止他们的活动。我们很容易碰到他们，就像我们很容易遭遇到恐怖组织以及所有“恶人”（如乔治·W. 布什所言）一样。所以我们必须摧毁他们，否则，被摧毁的就将是我们（见 Rivers，2007。其中对作品中所反映的越来越危险的世界作出过很有价值的综述性讨论）。

食死徒的性质和角色也揭示了在哈利的世界和我们的世界中面对恐怖行为时同样重要的几个问题。这些问题中就包括不断变化并受环境限制的有关恐怖行为和恐怖主义的定义。所以我们首先要考虑的是，食死徒所告诉我们的有关恐怖主义的“可知论”是什么，以及有关其对公众想象构成的强大震慑来源是什么。是什么将恐怖行为和所谓的战争与犯罪区分开？是否可以脱离社会和政治环境来对恐怖行为进行定义？然后我们再来考虑该如何应对恐怖，尤其是“叛乱分子”所采取的恐怖行动。不幸的是，魔法部犯了历史上所有政府犯过的大部分典型错误。

什么是恐怖主义？

无论是金妮·韦斯莱被绑进密室，还是在三强争霸赛高潮时发生的塞德里克事件，恐怖主义事件所蕴含的强烈感情内含让澄清其含义变得更为重要。有关恐怖最可怕的内容在于其显而易见的潜在普遍性——这种普遍性包括要求人们光着脚通过机场的金属探测器以及普通伦敦人每天被监视器拍照无数次等等。鉴于此，所有有关恐怖的情报探讨都应该从什么是恐怖行为以及什么不是恐怖行为开始谈起，作者或许更为重要。

---

① 由于这个词有争议的含义正是本章的重点，而其最终的不确定性无法清晰对所述行为进行政治判断，所以最恰当的做法是在使用时加上引号。但是为了文章的可读性，本章中并未全部使用引号。

恐怖行为的定义标准是在社会环境中构建的。也就是说，在不同时期和不同地方，其定义也不同。在某一历史时期恐怖行为会被认定为是“犯罪”，而在另一历史时期，则会被认为是“战争”。从本质上说，食死徒永远不会被当作“恐怖分子”。福吉和首相也对是否将与伏地魔的对抗当作“战争”而争论不休（混血王子，12）。不过在辨别恐怖行为时通常仅关注两个方面——行为执行者的目的以及他们所使用的方法。而在这两点上，食死徒与我们世界中很多臭名昭著的恐怖主义组织是非常相似的。比如，2005 年 3 月，联合国把恐怖行为描述为“蓄意造成平民或非战斗人员的死亡或严重受伤，以恐吓全体人民或迫使某个国家政府或国际组织采取或不采取行动”的行为（联合国，2005）。《美国法典》第 22 部在结合了国务院和国防部的定义后，称恐怖主义为“由次国家组织或秘密间谍预谋并针对非战斗人员目标发起的具有政治动机，旨在对公众产生影响的暴力行为”（美国法典 22 部 2656f［d］)。在所有这些定义中，都既包括了目的或结果，也包括了所采取的战略或方法。我们将会发现，第二条标准远优于第一条。

目的。袭击毫无防备的非军事目标，使用伪装和欺骗接近这些目标以及以非战斗人员为目标都是爱尔兰共和军、哈马斯、基地组织以及光辉道路等数不清的类似组织所惯用的手段。这些行动给全世界的平民造成了恐慌。但是，就是这种同样的战术，在美国革命战争前，却被美国人认为是抵抗英国统治的爱国者所采取的勇敢并具有创新性的战术。有关恐怖主义的一句最有名的话就是，某人眼中的恐怖分子，可能是另一个人眼中的自由战士。换言之，恐怖主义不是根据其所采取的战术来定义的，而是由我们是否认同实施这种战术的人的政治和道德取向来定义的。只有这样才是明智的。比如，我们都看过哈利和马尔福给彼此造成的残酷和潜在的伤害。但即使他们使用的魔法完全一致，我们也会认为哈利没有马尔福那么坏（同样，我们知道假冒的穆迪不应该把马尔福变成白鼬，但是我们都认为这样比把哈利变成白鼬更有意思）。

一些社会学家就什么样的目的可以使用非传统战术提出了更客观的标准。比如，一些人倾向于将恐怖行动分为国家恐怖主义和非国家或次国家组织或个人进行的恐怖行为。后者有时被称为“叛乱”恐怖主义，通常指意欲改变民族国家政府的行为。当我们使用“恐怖主义”一词时，一般是指非国家或次国家的恐怖行为。但是，也有一些最严重的恐怖行为是由国家针对自己的部分或全部人口所采取的。而且国家比个人和大部分次国家叛乱组织都更具强制力。在柬埔寨、土耳其、卢旺达、前南斯拉夫以及达尔富尔发生的大屠杀和种族灭绝仅仅是证明国家可怕的破坏力的几个典型例子之一。在哈利读五年级时，魔法部对他的子民和少数族群所实施的远远不止于恐怖镇压。

恐怖行为、组织和威慑的逻辑。但是我们都更注重非国家恐怖分子。因为他们对于传统国家在面临国家冲突时使用的战术战略提出了一系列特殊的挑战（我们也会推测这些战术战略会影响魔法部，因为我们知道魔法部在危急时曾与英国麻瓜政府合作过）。由此而言，次国家恐怖行为的三个组织特点更具挑战性。

首先，很多民族国家间的战争其威慑意义远大于战斗本身。威慑是指通过威胁打击对方的领土、平民、基础设施或主要军事设施而防止发生战争。但是像食死徒或基地组织这样的次国家组织却不具备这样的特点[1]，因此也无法对他们进行威慑。

其次，大部分恐怖组织都具有高度发达的细胞型结构。伊戈尔·卡卡洛夫在审判时曾解释说，他之所以不能提供更多的食死徒名单，就是因为“我们从来不知道所有同伙的名字——只有他知道我们都有哪些人”（火焰杯，588）。这就是典型的细胞结构，而非庞大、紧密、完整的组织。在后者那样的组织结构中，成员相互认识（如军队），但是细胞型组织分裂为许多更小的子群，或说“细胞”，因而这些组织的成员只认识本“细胞”的人或认识其他细胞的一两个人而已。这样可以确保在从指挥中心通过细胞网络传达命令的同时，还能保持重要的防御优势。正如穆迪所说，“这一着是明智的，可以防止你这种人把他们全都出卖掉”（火焰杯，588）。这种细胞结构几乎不可能让其他人追踪到组织的所有成员。

① 肯定存在例外情况。像爱尔兰共和军或哈马斯这样的组织曾在不同时期掌控过实际上被当作目标的领土和贫民。

伏地魔为食死徒设计细胞结构的另一个原因是，这种结构可以防止其成员团结在一起反对他。掌握控制权和组织的凝聚力是所有恐怖组织头目最关心的问题。重中之重是要强调忠诚，所以通常会要求组织成员切断与外界的联系，将叛乱组织作为他们唯一的社交网络。最终，这些成员可能无法再回到真实世界中，这也加强了他们对恐怖组织的忠诚。在这点上，恐怖组织类似于邪教组织（实际上，像奥姆真理教这样的恐怖组织就是邪教组织）。伏地魔从他在霍格沃茨就开始牢牢控制着他的追随者，而且即使在十三年以后，仍旧用最严酷的方法来惩罚所谓的叛徒。在前几章中我们看到了他是多么渴望忠诚，但他的行为却削弱了人们对他的忠诚。

细胞结构与第三个组织特点结合在一起，使次国家恐怖组织更难被打败：即缺乏清晰的等级结构或指挥系统。虽然食死徒的中心只有唯一一个头领，但是除此之外，他们却缺少明确的组织结构。当一支大型军队与另一支大型军队进行激战时，必须要有明确严格的指挥系统，才能协调所有士兵的行动。但是次国家恐怖组织也许不需要这种复杂的等级结构，甚至实际上还会把严谨当作负担。在一个高度垂直的体系中，最高一级被摧毁后，在建立新的命令和控制中心前，必然会导致组织内部的其他层级产生混乱。但是对于一个等级较少的体系，特别是同时还是一个具有细胞结构的体系来说，其对抗此种打击的弹性更大，对上层命令的依赖也更小。这也是为什么人们经常会把恐怖组织描述为“多头”① 组织。这正好与本章开头所引用的斯内普的描述不谋而合。所以，即使拿掉了细胞型组织同时也是水平结构的恐怖组织的“中心”，该组织也会出现至少一个新头领，而且会如斯内普所言，新头领在吸取了以前的教训后，会变得“更聪明”，而且还会发誓为了刚刚遭受的损失而复仇。这会成为他们的重中之重，让他们在变得“更聪明”的同时，也变得“更可怕”——这就是潜在的致命化学反应。

---

① 参见2003年3月5日第17号亚洲安全监控。“基地组织在巴格达的行动：哈利德·谢赫·穆罕默德和多头恐怖网络”；2003年9月11日德国外相费希尔在德国《每日镜报》所作的题为“9·11后的美国和九头怪恐怖主义”的访谈，以及理查德·福尔克1986年6月28日在《国家》上发表的“左派计划：对恐怖主义的思考”。

很多恐怖组织把细胞型结构与其他秘密行动和保密策略相结合，让他们的成员变得更加无法辨认。他们通过统一的着装——比如面具和斗篷（不仅食死徒采取了这种方式，其他如三K党、光辉道路和基地组织等也是如此）隐去自己的身份，并通过这种符号形式将个人身份隐藏在集体中，同时也让他们在更大的社会中无所不在又无处可寻。此外，由于无法计算出具体人数，匿名性也让人们无法确定该组织的普及程度。如果政府过度估计了组织的普及程度，并采取过激反应，那么对叛乱组织而言也并不是坏事。因为它的目的就是为了证明自己的观点并赢得人们对他们的同情（漫画《V字仇杀队》及2006年拍摄的同名电影中使用的盖伊·福克斯面具就很好地诠释了这一策略）。我们会继续讨论他们对过激反应的渴望以及隐形的其他含义。

手段。著名社会学家查尔斯·蒂伊反对一切根据执行者的目的对恐怖主义所下的定义（Tilly，2004）。这主要有两个原因。首先，作为社会学家，蒂伊担心这种定义的基础会很难确定。虽然很多实行恐怖活动的人最终会表明他们的目的，但是也有很多人并没有明确的目的。很多情况下，声称对恐怖事件负责的组织甚至都让人觉得不可信。比如目前在伊拉克发生的内乱以及哈利读二年级时遇到的石化事件（我们知道继承者的密语非常含混，以至于哈利、罗恩和赫敏三个人对密语的诠释存在着非常大的分歧）。

蒂伊反对用目的来定义恐怖行为的另一个原因是，恐怖行为（如上述官方定义中所述）可以用于追求任何目的。恐怖主义肯定会有明确的政治目的，但是此外，为了追求任何意识形态目标和实际目标都可以使用“恐怖”战术。这既包括象征性的抗议活动（如向进行堕胎手术的诊所投掷炸弹），也包括颠覆整个政府（如巴以矛盾）。在哈利的世界里，即使国家也会使用最邪恶的黑魔法来抵抗恶魔。我们知道，在伏地魔第一次崛起时，傲罗办公室就被赋予使用不可饶恕咒来对抗食死徒并杀死他们的权利[①]（火焰杯，527）。因此，蒂伊认为，总结恐怖活动的

① 当然，有人会认为这是伏地魔本身的胜利，让人们认为权力的形式是正当的，而非善或者恶。

一般性的目的是没有意义的。

总之，如果我们把使用暴力手段但目的不一的行为均视作“恐怖行为”的话，那么我们很难想象如果被普通观察家视为“恐怖主义”的最极端的恐怖行为采取和平表达方式的话会出现什么样的情况。因此，我们必须转向其所采用的手段来作为我们定义的基础。

在大多数目前常用的有关“恐怖行为”的定义中，通常用五个特征来区分恐怖主义和犯罪以及战争：非常规性，不对等性，以非战斗人员为目标，目标的象征性以及表演性。

观众和表演。选择具有象征性的目标，使用非常规手段影响公众情绪，甚至以无辜人员为目标等完全都是其表演中的元素。这也许是恐怖事件最重要的特征，因为无人知晓的恐怖事件，是无法产生任何影响的。而戏剧性又反过来决定了恐怖行为的时间、地点、目标和手段。在魁地奇世界杯上的食死徒们清楚地知道《预言家日报》（也许还有国际巫师报等）可以确保他们能在第二天登上头条。实际上，斯莱特林的继承人在哈利读二年级时为他的罪行选择了两种观众。首先，是最接近他自己的观众：霍格沃茨的学生，尤其是那些麻瓜和麻瓜出身的学生。他希望能用恐惧将他们逐出学校。但是还有一位则是进行袭击又同时作为观众的人：卢修斯。将日记本偷偷放入金妮的大锅后，卢修斯希望她会进入汤姆的“记忆”，按日记希望的去做，然后被发现。而最终，他希望用这个丑闻毁掉阿瑟的《麻瓜保护法》。而此时，他的观众则是魔法部本身和更广泛的巫师群体①。

在以上三种情况中，预定的观众和想传达的信息决定了袭击的形式及所使用的工具。为了打倒阿瑟，卢修斯当然会选择一名韦斯莱家的成员来实现自己的目的。而当汤姆控制了金妮后，他则希望制造一种广泛的恐怖氛围，但更重要的是将泥巴种们赶出霍格沃茨。因此，一方面他让金妮所留下的信息保持着高度的隐秘性，但同时又让大家清楚地认识到受到威胁的都是哪些人。我们看到观众们试图弄清这些信息的含义。

---

① 值得注意的是，这是父母的前途毁誉其子女行为的两个例子中的一个。另一个是巴蒂·克劳奇与小巴蒂·克劳奇的例子。这说明巫师社会更注重家庭耻辱和家庭荣誉。这种现象在麻瓜世界中已经逐渐消失了。

除了哈利、赫敏和罗恩的各种理论外，德拉科则认为“下一个就是你，泥巴种！”（密室，139）。而另一方面，纳威则认为斯莱特林的后代袭击了费尔奇，因此哑炮才是他的目标，而且“大家都知道，我差不多就是个哑炮！”（密室，185）。

恐怖行为也希望能够获得尽可能多的观众。对于食死徒来说，魁地奇世界杯就是一个向人们展示他们仍然存在，而且依然对麻瓜深恶痛绝的绝佳场所。原因我们在前面已经说过，因为这是一次广为人知的国际性赛事。出于相同的原因，我们麻瓜也在比赛场和所有公共场所采取了最高级别的安全措施，这更让这些地方成为投放恐怖信息的国际银屏。

上演和象征性。由于叛乱组织资源有限，因此其上演恐怖行为的结果很可能是在进一步开展行动或提出要求前就遭到逮捕。所以大部分叛乱组织在进行恐怖“表演”时都尽可能使其具有象征性的意义。这些象征性会进一步阐明叛乱组织的目的以及不满足他们的要求可能产生的后果。比如9·11爆炸针对的就是“罪恶”美帝的商业和军事心脏。同样，食死徒在营地折磨罗伯特一家时，并不是要针对罗伯特家这个个体，而仅仅是因为他们是麻瓜。在食死徒看来，所有麻瓜都是二等公民。他们想证明的是，麻瓜就像木偶一样，完全由他们操纵。所以他们不仅侮辱了罗伯特夫人，而且还当着其家庭成员的面折磨他们。这些恐怖行动所惯用的经典手段，都不属于政治领域的常规性斗争方式（火焰杯，120）。

与此相同，蒂莫西·麦克维就是在对自己爆炸目标和爆炸时间所具有的象征性进行足够考虑后，才于1996年在俄克拉荷马城引发爆炸案。对他来说，默拉联邦大楼代表了美国联邦政府，而4月19日对于美国极端自由主义组织和白人至上主义组织来说是一个非常重要的日子。这一天既是韦科惨案和红宝石山脊事件纪念日，同时也是列克星敦和康科德战役纪念日，此外，还是希特勒的生日。

非常规性。这种斗争形式的特点之一就是其非常规性。虽然在理论上非常重要，但是由于其依赖于在特定历史和文化背景对于常规性的定义，因此不能作为一个非常有效的定义来使用。在詹姆斯和小天狼星布莱克当学生的时代，“倒挂金钟”是学生之间非常常用的把戏，就算他们可能因此被关禁闭，也不会有人去叫魔法执法队。但是，在我们的世界里，如果有人把别人吊在空中的话，会成为控告他人侮辱和殴打的理由（如果值得的话）。虽然很难定义，但是非常规性在特定的社会历史环境下，对于恐怖行为产生的情绪影响及其表演意义却至关重要。我们接下来就会看到。

不对等性。蒂伊认为我们应该避免使用“恐怖主义”一词，因为其所包含的意义太多太广——既包括了目的也包括了执行者本身，但这些都是会因时因事而改变的。他认为，我们反而应该说“不对等地使用威胁和暴力来对待敌人，其形式是当前制度下通常不会使用的政治斗争形式”（Tilly，2004：9）。“不对等”可以发生在权力不均等的敌对双方之间，比如国家和某一公民或党派之间。今天，当我们想到恐怖主义的时候，我们通常会想到的是规模小且明显势力较弱的组织创造性地（或异乎寻常地）使用自身的力量来对抗规模更大且具有更正规权力的组织（国家）。基地组织所使用的最重要的工具就是在美国成功制造了巨大的痛苦。食死徒和魔法部之间的不对等性也是不言而喻的。食死徒不具有魔法部所拥有的正式权力，但是他们并非像很多叛乱组织那样处于劣势。这一方面是由魔法部本身的失误造成的，同时也因为很多食死徒个人所具有的强大权力和影响力以及他们具有与魔法部法力相当的魔法武器。

以非战斗人员或“无辜人员”为目标。无论是国家恐怖行为还是叛乱组织恐怖行为，与传统战争规则非常不同的一点是：两者都是故意以平民或非战斗人员（这两个定义通常会重叠，但也有例外情况）为目标，从而加强其恐怖行为的惊人效果①。但是，在没有常设军队的政治体系中，很难清楚地定义何为“平民或非战斗人员”。除了阿瑟，魔法部并不拥有常设武装力量，所以大多数人都不是专业的战斗人员。但是如果以魔杖作为武器，所有合格的巫师随时都可以武装起来。这也使每个人都成为潜在的战斗人员。

不过即使在魔法世界中，也清楚地定义了哪些人被认为是手无寸铁

① 这种标准也有例外情况，如1983年在贝鲁特的兵营爆炸案。

的人。其中包括麻瓜、儿童以及病残人士。我们在很多情况下都看到，在魔法社会中受害者的脆弱明显加强了他们成为攻击目标后的文化和道德意义。我们第一次看到这种情况是在哈利读二年级，从弗伦泽那里了解到饮用独角兽血的结果时。而这种可怕结果是由于“你为了挽救自己的生命，屠杀了一个纯洁的、柔弱无助的生命”（密室，258）而引起的。斯莱特林的继承人锁定的目标无论是在魔法世界还是麻瓜世界，以及任何道德世界中都是被禁止的：动物和儿童（而且以学生为目标实际上模糊了他行动中可能包含的政治意义）。小天狼星所假定的对麻瓜的大规模杀害显得异常邪恶不仅是因为把麻瓜当做劣等生物，更是因为没有用来保护自己的魔杖和魔法。当小矮星彼得提出如果他不把波特交给伏地魔就会被杀死时，小天狼星愤怒地喊出他认为再明显不过的选择——他宁愿去死也不愿帮助伏地魔杀害无辜的生命（阿兹卡班的囚徒，375）。最后一个例子是，由于摄魂怪打算亲吻“一个无辜的男孩”（哈利），所以它们被赶出了霍格沃茨（阿兹卡班的囚徒，421）。

为何从事恐怖活动？不管是将自己在公共汽车上引爆还是折磨身为麻瓜的人，我们很容易认为那些进行恐怖行动的人不是失去理智就是疯了。当哈利第一次在骑士夜车上见到斯坦·桑帕克的时候，斯坦认为布莱克不正常（“是不，厄恩？是不是疯了？”阿兹卡班的囚徒，39）。好像只有这样想才最自然。当然，一两个奇怪的疯子所带来的恐惧远比不上有能力理智计划并实施恐怖行为的有组织的政治运动给人们带来的威胁。我们可以认为恐怖分子肯定都失去了理智，因为在外人看来，恐怖行动通常都很危险，而且取得长期胜利的机会微乎其微。而恐怖主义所产生的惊人效果通常让观众对他们更为反感，而无法对他们的主张产生同情。

不过，由于各种文化、心理以及实际原因，恐怖行为可能看起来会成为当时最好的选择。对于极端组织来说尤其如此。他们觉得自己与当前的社会秩序无关，在他们眼里，世界就只有善或恶两个概念，并且认为在道德上他们优于他们周围的人。比如，最普遍的心理学解释的重点就是恐怖组织对人们所产生的邪教吸引力。由于这些组织倾向于制造组织内和组织外的区别，因此通常会吸引那些缺乏其他身份认同或权力来源的人，如小矮星彼得和奇洛教授。实际上，邓布利多对里德尔在霍格沃茨所交朋友的描述适用于很多恐怖组织。他们“在城堡里形成一种黑暗势力，他们成分复杂，弱者为寻求庇护，野心家想沾些威风，还有生性残忍者，被一个能教他们更高形式残忍的领袖所吸引。”（混血王子，361）

不过从事恐怖活动的最主要的原因是，这些活动通常能够奏效。

为何恐怖活动能奏效。恐怖活动在以下几个方面通常非常有效：增加社会恐惧心理；制造有利于进一步实现恐怖分子目的的不安定感；打压异己；破坏政权；激发政府采取过激行为从而实现同样的目的；为恐怖消息提供国际观众。

通常，对恐怖行动的第一个反应就是增加了人们的威胁感。这种威胁感既来自于个体，也存在于个体以及社会之间。斜角巷的商店关门了，翻倒巷变得荒芜，霍格莫德村也陷入了沉寂。而在麻瓜的世界里，他们开始购买胶带并对那些街头移民感到怀疑。

不确定性更增加了这些恐惧。国家恐怖通过独裁增加了公众的不确定性，并让国家拥有更强的镇压能力。但是对叛乱恐怖行为的性质和威胁的不确定性则首先来自于其隐蔽性和不可识别性。比如，究竟哪些人是食死徒，哪些人不是？我们不可能去掀开每个人的袖子，而且即使我们这样做了，我们也不能确定那些烙有标记的人仍然站在食死徒一边。而对于麻瓜来说，任务就更加复杂了，因为麻瓜的标记更加多样化。

隐蔽性是造成不确定性的一个主要因素，也是恐怖行为的另一个特性。该特性超出了普通政治象征性话语的范畴，其定义就是制造出人意料，当然也是异乎寻常的效果。因此它的作用就是给人们带来震惊，并将我们从一贯的冷漠中叫醒。

等社会恐惧和不确定性增加后，会对公民社会、公民权利以及自由产生严重的影响。如果恐怖事件的涉及面足够大，人们会尽可能低下头不被人注意，以避免成为恐怖行动的目标。但同时也会让他们在危急时期不敢批评政府。因为他们会更依赖于政府提供的保护，或至少更具有依赖性。

而这种依赖会成为叛乱组织有力的工具，因为他们的目的就在于影响政权（比如在最近的冲突中，就有好几个组织同时在伊拉克活动）。那些持续时间长，并以具有很高实质影响和心理影响为目标的恐怖活动，可以对其所在领土的政府产生根本性的破坏作用。

另一方面，它也可以起到相反的作用并激起国家的过度反应。作为非恐怖性的社会运动，美国人权运动就是在美国南部的警察采取反映过激，粗暴干涉和平游行后才取得最大的成功的。实际上，诸如德国的红军派实际上就是这么盘算的。他们希望刺激国家进行镇压，但最终让人民开始反对国家。有些人认为基地组织 2001 年对美国采取的袭击也是以此为长期目标的[①]。叛乱组织越隐蔽，政府就越难对其采取安全或渗透措施，而且反而会殃及更广泛的群众。

以上这些特征和影响综合起来赋予了恐怖策略和从事恐怖活动的人以强大的力量，从而能够控制集体的想象力。这既能同时恐吓那些想要与之斗争的人（通常但不总是政府），而且也会被那些无良的政府所利用。

不过，“即使是被最专制的体制激怒的国民也可能会受到真正的恐怖主义的排斥，而不是被他们所吸收”（Castro，Lackey，129）。

反恐怖

反恐怖。就像恐怖行为要有观众一样，反恐怖行为亦是如此。在麻瓜世界中，观众既包括选民（在民主政体中）也包括恐怖组织。与选民的关系让麻瓜政客认识到——有时是非常痛苦地认识到他们在公众眼中的形象。罗琳在《混血王子》一开始所描绘的首相就是如此。而这种关系同时也强烈促使他们尽可能采取一切方法来影响反恐怖行为（有关罗琳所暗含的对英国最近反恐怖政策的批评，参见 Rauhofer，2007）。

我们不清楚魔法世界的选举过程，但是我们知道魔法官员也会被撤

① 我们会怀疑在伏地魔第一次统治时期，他会对魔法部同意使用不可饶恕咒和致命武器作何反应。既然他相信没有善恶，只有权力，那么他也许会把这视为是魔法部承认他实际上是对的。

职，而且他们也关心公众舆论。

当无法确定恐怖威胁的严重性时，政府通常都会选择淡化威胁。他们可能希望这样做可以有效阻止公众批评他们应对不力。在哈利读二年级时，袭击发生后，德拉科就是这样对邓布利多提出建议的。否则，“他就会被解雇了”（密室，222）。更为极致的是，淡化威胁甚至演变成了拒绝承认威胁的存在。而这似乎也变成了福吉的第二天性。福吉（他看起来是真的不相信存在威胁，而不仅仅是为了淡化公众的印象）在哈利在霍格沃茨读五年级时，把大部分时间都用在了否认伏地魔归来和食死徒重生上了。福吉所采取的方法非常经典，即首先怀疑有关威胁的消息来源，同时偶尔象征性地表示要消除威胁。但是我们都知道，他所追踪的威胁来源是错误的。他认为威胁来自于小天狼星，而不是伏地魔。

但是，严重的威胁通常会在政府无法再否定它的存在时达到顶峰。当跨过这道门槛后，通常政府首先关心的是要让大家知道他们已经尽力了。我们看到，福吉和斯克林杰都是这样做的。福吉在放松戒备的时候曾经承认，小天狼星从阿兹卡班逃脱并不是非常“危险”，但是非常“棘手”，而且迫不及待地告诉《预言家日报》他们已经再次逮捕了他（阿兹卡班的囚徒，416—17）。9·11 事件后，布什政府采取了大量引人注目的措施来预防进一步的袭击，其中一些实际上是针对恐怖行为的源头和影响的（比如入侵阿富汗），但另一些则不是，并导致了弊大于利的后果。比如，他将联邦紧急事务管理署（FEMA）并入了新成立的国土安全部（DHS）。这样做实际上严重伤害了这一重要、高效的联邦机构的士气以及组织使命的清晰性。而且也许是导致其不能有效应对卡特里娜飓风的原因之一（美国公共广播网《前线》之“风暴过后”。Pbs. org/frontline。首播时间 2005 年 10 月）。同样，斯克林杰也重组了魔法部下属的很多部门，并成立了由阿瑟·韦斯利担任领导的新部门。同时在伏地魔刚恐怖统治初期将新政权交给了魔法法律执行司和傲罗办公室（火焰杯，527）。

要弄清其中的原因就要知道是什么让政府不惜放弃采取有效的战略而选择采取简单的战略。在美国和英国对现行反恐政策进行批评时，经常会用丢了车钥匙并在最近的绿灯下找钥匙的醉汉的故事来打比方。当另一个人路过想帮忙的时候，他问醉汉他在哪儿丢的钥匙。醉汉回答说他是在三个街区前丢的，但是他现在站着的路灯下的光线最好。邓布利多在《火焰杯》结尾也说过，当发生危机时，我们通常会面临“在正道和捷径之间”（火焰杯，724）作选择。不幸的是，政府通常会选择捷径，而不是正道（魔法部之所以寻找小天狼星而不是伏地魔，也许是因为后者似乎更难抓）。当必须要做点什么的时候，结果通常是采取以下两种简单但是不正确的方法：找替罪羊和歧视行为。

根据我们前面讨论的定义，我们很难识别那些进行恐怖活动的人。然而如果在确定和遏制威胁来源方面不能及时取得明显进展的话，公众会变得更加焦躁不安。所以政府为了保护自己，证明所取得的“进展”，会挑选出一些个人或组织作为目标。福吉在找替罪羊方面就做得非常明显。他在密室打开前就把海格抓了起来。因为他觉得大家在看着他，他必须要做点什么。而海格以前的记录对他很不利。福吉承认真正的肇事者可能仍在逃，所以他保证，“如果抓住了另外一个人”（密室，261），他就会放了海格。20 世纪 60 年代一起著名的刑事案件对此也作出了很生动的注解。两名女子在纽约市被残酷杀害，在凶手没有被抓到前，整个城市都笼罩在恐慌之中。很正常，麻瓜警察们承受着巨大的压力，必须马上抓住凶手。幸运的是，他们很快就抓住了两人的邻居，一名叫乔治·惠特莫尔的黑人男子，而且他承认了全部罪行。整个城市松了一口气，而且警察也为他们的办事效率和能力得到了表扬。但是几个月后此案又泛起了涟漪，另一名男子投案自首，承认了全部罪行，并交代了只有凶手才会知道的细节。惠特莫尔是清白的。据透露，他是在经历了一天一宿不眠不休的审问后招供的。而且警察许诺，如果他承认罪行，会得到从轻发落（惠特莫尔案件与米兰达一案非常相似，而“米兰达警告”也是从那时起开始强制执行的。Warden，2012）。

伏地魔和食死徒都很难被抓住（请记住，虽然每个人都知道食死徒的目标是哈利·波特，但是摄魂怪在霍格沃茨和霍格莫德村附近都没有发现他们的痕迹）。但另一方面，斯克林杰上台后仅仅一个月，就轻松抓捕了斯坦·桑帕克和其他三个人。不过阿瑟却说，“斯坦像小蜜橘一样不可能是食死徒”（混血王子，331）。但是魔法部“必须做点什么才行”（密室，261）。而且一旦实施了抓捕，就像阿瑟生气地告诉哈利的那样，“三次抓捕”听起来总比“误捕三人，后释放”（混血王子，257）要强。

找替罪羊是非常危险的，但是歧视则更为糟糕，特别是在把猜疑扩大到整个社会（利用一切可以利用的手段来追踪可能的嫌疑人）并根据宽泛的人口普查特征或其他特征而歧视特定人群的情况。当然，在哈利的世界中，产生歧视的原因更多，也更复杂。哈利在读二年级的时候，就被歧视为是蛇佬腔。当学生们听到哈利与马尔福决斗时对蛇说话后，他们对哈利的态度都变了，因为他们知道斯莱特林本人就是蛇佬腔。而且从统计学角度来说，与9·11事件后美国执法部门对阿拉伯血统的人歧视相比，歧视哈利的理由似乎更充分。在过去50年中，哈利是仅有的两个蛇佬腔之一，而另一个人最终成为那个时代最厉害的黑巫师。实施9·11袭击的并非美国人，而且即便是的话，也不过是300万分之19。当美国联邦调查局要求获得过去两周内所有酒店的记录[①]，以及伦敦市警察局在街头安装大量摄像头，使每个普通的伦敦人一天都会被拍下来很多次的时候，谁来负责过滤这些信息呢？是不是海越深，针就越难捞呢？

发现并抓住反恐时机。1787年，亚历山大·汉密尔顿断言，当危机产生时，美国宪法刚建立起来的自由和秩序的平衡将会轻易被打破。他认为美国人将“为了息事宁人和安全而利用制度……来摧毁他们的公民权利和政治权利。出于更加安全的目的，他们最终将不惜牺牲自由。”

也许无需为了获得安全而牺牲公民的自由。但不幸的是，事实证明汉密尔顿比特里劳妮教授预测得更准确（参见Nexon，2007）。

军事体制国家。通常这种牺牲是以公民要求政府提供更多的保护以对抗来自内部或外部的真实或假想的敌人为开始的。有时这也是牺牲所产生的结果。这种要求是可以理解的。不过有时，这种牺牲也是在政府

① 有关2005年在拉斯维加斯一家酒店所发生的事，参见2005年9月5日华盛顿邮报的报道：www.washingtonpost.com/wp-dyn/content/article/2005/11/05/AR2005110501366_pf.html.

对公民的要求上所产生的。虽然这通常都出于为了保护民族国家的领土和人民的合法愿望，但有时也是为了把不幸转化为机遇——巩固政府对国家内部资源的掌控的机遇。巴蒂·克劳奇就是一个很好的例子。他所代表的倾向就是利用合法安全措施制造既得利益，并以此作为其根本目的。克劳奇在伏地魔第一次恐怖统治时期担任魔法执行部部长，尽力对抗黑魔法。但是小天狼星告诉哈利，他已经变得非常疯狂，以至于开始使用比食死徒好不了多少的手段。小天狼星怀疑克劳奇又在开始抓人，因为他认为更多的抓捕能够帮助他恢复名声（因为儿子被捕而被玷污的名声），并让他重新获得成为部长的机会（火焰杯，527—529）。克劳奇在 13 年后还在继续着自己的角色，他在规劝阿莫斯·迪戈里的时候说："我相信你还记得，在我漫长的职业生涯中，有许多证据表明我一贯厌恶和仇恨黑魔法以及所有玩弄这些法术的人，是不是？"（火焰杯，136）。正如在本书第二章和第四章中所讨论的，这些安全措施所产生的既得利益本身既是组织的需求，也是个人的需求，而且几乎可以演变成德怀特·艾森豪威尔的"军事工业复合体"和哈罗德·拉斯维尔假想的但是更彻底的"军事体制国家"。

这个词是在拉斯维尔 1941 年所写的著名同名文章中第一次出现的（Lasswell，1941）。军事体制国家是一个持续模糊的威胁，所产生的长期后果无法预测。其中包括对安全、服从和监视的执著，对兵役和组织模式的美化以及对法定诉讼程序的贬低。乔治·奥维尔在其 1950 年发表的小说《1984》中描绘了最著名的极端军事体制国家的形象（Orwell，1950）。

法定诉讼程序。根据西方法律传统和我们在第三章中所讨论的内容，法定诉讼程序的原则是自由社会的核心，也是所有政府应该维护的最高价值。但是无论是在魔法世界还是麻瓜世界里，一任又一任政府都打着保护安全的旗号一而再再而三地违反这些原则。在哈利的世界里，我们看到反恐措施导致违反了法律面前人人平等的原则，也违反了有关人身保护权、陪审团审判权、禁止非法收集证据、无罪推定以及其他有关审判的规定。

首先，歧视倾向草率地在法律面前把人们分成不同的类别，这严重威胁到确保人们在法律面前获得平等保护的权利。比如，巴蒂·克劳奇的儿子就未能获得为自己辩护的机会，而且被法庭禁止发言（火焰杯，528）。小天狼星甚至怀疑审判只是为了让克劳奇公开表示他有多么憎恨他儿子，并进一步与其划清界限（火焰杯，528）。美国2006的《军事委员会法》确定了“敌方战斗人员”的分类，而且该分类既适用于美国公民，也适用于外国公民。就像小天狼星被小矮星诬陷后一样（火焰杯，526），这些人也被剥夺了所有受审权。

剥夺小天狼星的受审权也违反了有关人身保护权的规定，这也是被告的最后一项权利。我们也许希望，那些被美国关押在关塔那摩的同样被剥夺了这一权利的人不用等13年才能获得其案件被听证的机会，而他们也能像小天狼星一样保持清醒。在这种明显违反公正的情况下，我们也许忘了他们应该受到审判，而且这些审判应该及时举行（一些关押在关塔那摩的人已经被关了大约六年），而且这些审判应该在陪审团面前举行。在伏地魔第一次恐怖统治时期成为食死徒的人当中，有一些接受了由陪审团参加的审判，但是根据《军事委员会法》被宣布为敌方战斗人员的人可能无法获得这一保障。而在被剥夺最起码的自由时，还有一个可怕但是符合逻辑的问题是，这些被宣布为敌方战斗人员，从而不受到传统美国法律保护的人，甚至都不能确保有人会告诉他们，他们为什么会受到这种对待。他们被捕的根据可能是一些秘密证据。但是如果法官或检察官认为这些证据会威胁到“国家安全”，那么就不会将这些证据告诉他们。

当然，只有在审判中提交相应的证据，才能保证审判的合法进行。但是在危急时刻——也就是当务之急是确定制造威胁的人员时，政府会以任何原因为名违反有关搜集证据的规定，而逮捕那些最有可能制造威胁的人。恐惧导致紧张，而在紧张的情况下，无论是个人还是团体，永远都无法作出明智的决定。虽然亚瑟在得到哈利的告密后可以在无须通知他人的情况下就对马福家进行两次突袭检查，但是我们却很难对他表示认同。可是如果换一种情况、换一个对象，我们的反应可能会完全不一样。比如，在20世纪20年代帕尔玛攻击行动中，几千名无辜的美国人成为行动目标；根据《美国爱国者法案》，所有美国人（在没有被通知的情况下）都可以成为潜在目标；而根据1989年《预防恐怖主义法》，嫌疑人在未被指控前最多可以被扣押五天。

当人们开始担心人身安全，觉得危险无处不在时，无罪推定会迅速演变成有罪推定。比如，当克劳奇在魁地奇世界杯上看到黑魔标记出现时，他仅以无法证实的证据就指控是闪闪和哈利所为（火焰杯，136—38）。但也许更危险的是，人们自己也变得互相猜疑，并开始混淆犯罪嫌疑和犯罪证据。当哈利在活点地图上看见小克劳奇偷偷地在斯内普办公室附近转悠的时候，罗恩再次表示他可以肯定斯内普还是食死徒，并问道“那些专抓黑巫师的猎手为什么要搜查他的办公室呢？”（火焰杯，290）。同样，那些没有被审判或没有代理人而被关押在关塔那摩和美国其他海外监狱的人，其被捕的原因也不过是诸如他们的社会关系等无法证实的证据和由此产生的偏见。

法律制裁的最后一个阶段是宣判阶段。通常我们都认为宣判应该是和定罪分开进行的，所以应该考虑减轻或加重的情况。但是我们清楚地看到，巴蒂·克劳奇在莱斯特兰奇和小克劳奇的审判中，要求陪审团裁决有罪（根据我们先前在邓布利多的记忆中所看到的，这就是审判的目的）并同时宣布刑期，甚至他还建议应该如何判刑以及他们如何投票（火焰杯，595）。如果我们觉得这对于可能是食死徒的小巴蒂·克劳奇都不公平的话，那么对于那些并没有被提交证据就在军事法庭被判刑的美国公民来说，是不是就更不公平呢？小天狼星的情况甚至更糟。首先他从没有接受过公平的审判，而且在他逃跑后，摄魂怪还被授权可以就地对他使用致命手段——这实际上在道德和法律层面都是被禁止的。

恐惧文化。杰克·宰普斯对罗琳作品的其中一个指责就是认为她过分夸大了对时代的猜疑（Zipes，181）。但是首先我们要看看作品中反映了多少对时代的猜疑。长时间处于危机，尤其是处于全方位危机状态的国家，会对个人自由产生细微然而也更严重和更危险的影响——之所以更危险，是因为它们牵动着每个人的生活，并且交织在其社交关系中。这种影响包括对媒体自由的限制、政府监视范围的扩张以及更加普遍的恐惧和猜疑。

魔法部以政治为目的而对《预言家日报》的利用是显而易见的，

同时也非常拙劣——首先是诬蔑哈利和邓布利多。然后，当不能再否认伏地魔重新出现后，又开始频繁报道自己的功劳，但这些报道无疑都是假大空（斯克林杰政府在利用媒体方面完全不知羞耻）。这一举动明显破坏了《预言家日报》作为消息来源的可靠性，而且在遇到真正的但微不足道的竞争时（虽然卢娜讨厌听到这个!），显得尤为严重。限制媒体自由违反了民主社会最根本的信条，即公民应该能够听到自由的观点并获取相关信息，从而对他们的政府作出正确的判断。不幸的是，魔法部也采取了一直以来令人汗颜的传统，这些传统包括亚伯拉罕·林肯在美国内战时期对通讯社的审查以及伍德罗·威尔逊使用《间谍法》（1918）逮捕了多名报社编辑等行为。而这些编辑仅仅是发表了被认为令美国感到“棘手”的信息和观点以及对战争本身的批评。

政府对其公民进行监视是反恐措施中最危险的一个部分。这不仅是因为监视没有其他反恐措施那样明显，而且也是因为政府和执法部门就监视活动给出的两条高高在上的强制性理由，但这些理由在逻辑上明显站不住脚。

第一条就是只有当人们做“错”了的时候，才会被监视。但是关于什么是“错”的理解就像对恐怖活动的定义一样具有不确定性。历史一再证明，那些为了抓住某个个人、组织或类似目标的情报收集系统，最后都演变成针对包括合法持异见者等在内的其他行为的系统。伍德罗·威尔逊在使用《间谍法》时肯定进行了这种滥用。毫无疑问，乌姆里奇以发现反魔法部活动为理由巡查飞路网，而实际上是想在小天狼星和哈利谈话时抓住他，这也是对权力的滥用。

第二种为监视活动作辩解的常用说法是，这“只是”为了收集信息，而不想改变或限制大家的行为。这种说法显然是错的。因为社会心理学家已经证明了监视对持异见者和言论自由产生的“寒蝉”效应。寒蝉效应是一种自我审查，当人们认为他们有可能被监视的时候，就会发生寒蝉效应。在这种情况下，虽然没有使用武力，但人们的行为可能会被改变，自由表达也会受到限制。杰里米·边沁早在18世纪就认识到了这一点。作为一名英国哲学家，边沁建议监狱的设置应该是让犯人不知道他们什么时候会被监视，但又确实知道自己受到了监视（Bentham，1991：1787）。很明显，哈利就对自己进行过自我审查。当哈利很多次都非常想和小天狼星以及邓布利多说话时，他显然都克制了自己。他决定不去找他们，因为他知道所有的通讯线路都受到了监视。这让他在需要从成年人的角度看待问题时无法寻求帮助，也让他无法提醒他们乌姆里奇采取的折磨手段。肯定有很多美英两国学者和活动家认为自从9·11和7·7事件后，他们的学术自由在日益严重的监视下受到了很大的伤害。

虽然不能用效率来评判大规模的监视，但需要注意的是，美国和英国政府近几年大张旗鼓扩大监视范围的行为收效甚微。其中一个原因就是这无疑是在大海里捞针。我们知道，甚至在9·11前美国情报人员都无法消化所有收到的信号情报，而那之后根据《美国爱国者法案》（2001）和《外国情报监视法案》（1978）授权所展开的新的监视措施更无法产生新的成效。伦敦大规模安装的监视摄像头同样也只是抓住了更多的小偷小摸而不是恐怖分子，而且也未能防止7·7伦敦公共交通系统袭击案的发生。同样，乌姆里奇也没有通过监视飞路网抓住哈利·波特，反而倒是传统的行动调查组更见成效。

安全措施的代价。小天狼星在谈到巴蒂·克劳奇对抗黑巫师时是这样总结的："在我看来，他变得像使用黑魔法的许多人一样心狠手辣、冷酷无情"（火焰杯，527）。我们在讨论红军派时曾指出，恐怖组织经常希望能刺激国家"逐步辩证升级"（Erickson，2004）地展开镇压行动，从而最终揭露他们所认为的国家的本质，并促使更多的人起来反抗国家。不过即使恐怖组织不有意采取这种战略，这通常也是利用安全措施这一工具来实现控制国家这一最终目的的一条捷径。比如斯大林统治下的苏联、希特勒时期的德国、波尔布特当权时的柬埔寨都是很好的例子。当国家统治变成目的而非手段时，对安全措施的道德约束便开始土崩瓦解。而当人们严刑拷打那些被怀疑拷打他人的嫌犯，或杀害那些有杀人嫌疑的人时，国家（或任何对抗恐怖组织的人）是否还拥有对"恐怖"组织的道德优势呢？当我们看到魔法部对疑似黑巫师使用不可饶恕咒、致命袭击以及让摄魂怪对他们亲吻摄魂的时候，当美国士兵在伊拉克、阿富汗、关塔那摩和其他地方对恐怖分子和叛乱嫌疑人进行严刑拷打和身体、性以及心理折磨甚至致死的时候，自然就会提出这个问题。在以上这两个例子中，“合法”当局使用了用以摧毁敌人和可疑人员身体和心理的手段，这些手段不仅残忍异常，而且完全不对等，而且和恐怖组织所使用的手段一样令人震惊。这些行为很好地证明了伏地魔所遵循的信条：世界上不分“好”和“坏”，只有权力。

在政治中，恐惧文化的最后一个，也是最具有悲剧性的元素是和复杂微妙的人际关系分不开的，而这也是公民社会本身的基础。在某些军事体制国家中，特别是在面对无时无处不在的无形敌人时，政府会利用人民的恐惧来帮助它们进行互相监视和控制。在麦卡锡时代的美国、冷战时期（尤其是斯大林时期）的苏联、纳粹统治下的德国以及其他数不胜数的政体中，当面对内部或外部威胁时，朋友、邻居、爱人，甚至家庭成员之间都会为了向国家效忠或因为害怕来自外部的威胁而互相告发。在极端情况下，这种情况最终会撕毁人与人之间的忠诚，并演变成对国家唯一的忠诚。如果政府的存在是为了服务人民，提高人民的生活水平，那么这肯定将会破坏这一目的。这是法西斯主义，而且会使所有人都变成“行动调查组”的成员，同时也是受害者。这肯定比变成恐怖主义的受害者还要可怕。

结　　论

我认为罗琳想让我们从哈利世界中的恐怖行为至少得到两个主要信息。正如卡斯特罗观察到魔法部在伏地魔崛起后的所作所为所说的：“当然，最危险的是，已经没有底线了。当社会变得越压抑，它就会努力变得更压抑。我们可以看到这样一个稳定发展的过程：从让他们闭嘴，到把他们关起来；从阻碍他们上某些课程，到宣布他们为非法；从限制他们的部分权利到完全剥夺他们的所有权利”（Castro，Lackey，127）。

此外，“她展现了恐怖主义和暴力是如何毁灭了那些实施这些行为以及容忍这些行为的人的灵魂”（Garrett，73。这也强调了我的看法）。

如果换一种说法的话，那就是为我们大家所熟知的9·11事件以及7·7伦敦袭击案后有关公民自由的辩论：“当我们的行为像恐怖分子一样的时候，他们就赢了，即使我们所做的是合法的。”

当福吉在《混血王子》刚开始的时候去拜访“另一位首相”时，这位首相问他把他们与伏地魔和食死徒之间的冲突称为“战争”，是不是有一点夸张。我们可以想象，他在提出这个问题的时候是抱有一定希望的。我们能像民族国家之间开战一样对恐怖主义手段或实施恐怖行为的人发起“战争”吗？还是说这完全是另外一回事儿呢？

如果是的话，那么就我们所知，这种“战争”已经减弱了，变成了新型的力量不对等的冲突，而其中的参战一方或多方通常为非国家组织。有关哈利世界和我们世界中的战争的性质，将在下面进行讨论。

第七章
凤凰社：情报、反情报与间谍

“他们该不会监视我们这栋房子吧？”

“监视，暗中窥探，说不定还会跟踪咱们呢”弗农姨父愤愤地抱怨说。

——哈利·波特与魔法石（36）

被人监视是一种潜在的威胁。如果监视者是政府的话，那么这种监视肯定会有一定的后果，有可能是福利，也有可能是惩罚。但是如果监视者是敌人，或者我们不能确认其监视动机的人的话，那么这种监视就会完全变成一种威胁。

弗农姨夫不相信魔法世界的原因有很多，但最重要的一点仅仅是因为它和自己的世界不一样（我们是不是经常也同样仅仅出于直觉而不相信和我们不一样的事呢？）。当弗农知道那些“奇怪的人”不知道为什么就能完全了解德思礼一家的生活细节后，带着全家仓惶出逃，为的就是避开这种具有威胁的监视。但是不管他怎么做，魔法总能找到他们时，弗农就被这种超级间谍术逼得走投无路了。

情报和反情报在建立政权及其合法性中的作用

是什么让情报搜集活动成为如此强大又可怕的工具呢？

实际上，信息以及获取信息一直都被当作建立和维护政权的资本。2001 年 9 月 11 日以后，几乎每次应对可能在美国发生的安全危机时，政府都会宣布其有权获得个人的信息记录。由于政府总是打着发现和预防今后可能发生的袭击的旗号，所以大多数公民都对这种侵权行为深表担心。他们下意识地害怕历史会重演：这种权力的扩大虽然可能被用于解决短期和可能发生的真正的威胁，但是在满足最初的需要后，会一直持续下去。

政府监视行为的维护者每次都会强调无辜的人无需担心善意的老大哥对他们的监视。但是公民自由权利的维护者却认为这种行为会对民主的核心，也就是言论自由以及自由交换意见产生“寒蝉效应”。很多实验都已经证实了“寒蝉效应”，它会对担心国家审查制度而进行自我审查的个人产生无法衡量但又不无重要的影响。“寒蝉效应”的存在表明国家监控会阻碍基本人格尊严所需的言论自由，阻碍公民参与充满活力的民主活动，并限制人们根据社会中主要掌权者制定的标准来表达政治观点。

那么情报作为政治权力及其合法性的资本是如何发挥作用的呢？首先，让我们回顾一下两者的区别。一些细节在第二章中已有所讨论。在这里，权力可以简单地理解为执政。在更多的民主政府中，行使权力的基础是宣布其具有合法性——也就是获得人民明确或心照不宣的支持。

但是我们知道，历史上很多政权是不具有合法性的。这些政府会怀疑人民对他们的支持受到了威胁，所以经常为了加强合法性为自身或其制定的政策人为制造出公众的支持。

罗琳非常清楚政权及其合法性并不能一直保持下去。她早就证明像

福吉这样的政客通常就是傀儡，而法律面前人人平等也不过就是个幌子。权力通常不是来自于法律或公众的支持，而是来自于对信息的控制。

在国际关系中，“情报”指任何能够让你预测未来的信息。最有价值的情报可以帮助你将不利的趋势最小化，而将有利的趋势最大化。

该定义如此简单，这肯定和流行的间谍小说形成了鲜明的对比。但是实际上，有用的情报通常是在最普通的地方找到的。对于每位詹姆斯·邦德来说，背后都有上千位情报分析师对大量的数据进行数个小时的分析。情报通常可以分为人工情报（也就是情报源希望通过把信息传给别人以获得报酬或其他奖赏）和信号情报（也就是通过通讯手段截获的情报）两种。

情报搜集方法

截击个人通讯。通过安插耳目或更传统的方法截听个人通讯是最常用的情报搜集方法之一。在麻瓜世界中，这些方法通常包括监视邮件、监听电话或计算机、在目标家中或办公室中安装窃听或录像设备等。巫师们的方法就更加五花八门。

其中有的方法和我们所使用的是一样的。比如麦格在乌姆里奇进行恐怖统治时曾警告哈利说，“霍格沃茨内外的通信渠道可能被监视了”（凤凰社，359）。不过一般来说无需对猫头鹰或飞路进行监视，只要仔细听你周围人的对话就行了（打扮得像个巫师可以对你有所帮助，至少你可以扮成蒙顿格斯·弗莱奇！）。对于哈利、罗恩和赫敏来说，在霍格莫顿村里没有一个地方是安全的，甚至包括猪头酒吧在内。实际上，正像小天狼星提醒他们的，有时候安静的地方比喧闹的场所更危险。越是空旷，就越容易让偷听者听到你不想让他们听到的东西（凤凰社，369—371）。这也是麻瓜间谍一直以来赖以生存的法则之一（*Spying*，7）。

密码学。密码学是一种用代码进行通讯（或破解代码）的艺术，可能也是最著名的间谍工具。就像我们的世界一样，魔法世界中也充斥着各种密语，不过说密语的人也闪烁着危险的光芒。比如，哈利精通蛇佬腔。这既是一种幸运，同时也是一种诅咒。虽然它可以帮助向往巴西的大蟒蛇获得自由，在决斗中进行有效的干预，并获得进入密室的方法，但同时也令他变得让人毛骨悚然——以至于全校学生都认为哈利是斯莱特林的继承人。

当然，对于麻瓜来说，巫师们自始至终说的都是密语！还记得里德尔家的老园丁弗兰克·布莱斯吗？当他听到“魔法部”、“巫师”和“麻瓜”这些词的时候，他相信他听到的都是密语（所以他也认为他偷听的那些人不是间谍就是罪犯（火焰杯，8）。至少，他说对了一部分。

在麻瓜的世界里，从有史料记载之初，就已经有了密码学。比如《汉谟拉比法典》中就有关于如何对待敌方情报人员的规定。为了制订出不被敌人破解的密码所做的努力推动了历史上很多最重要的技术的迅猛发展。最著名的要数在第二次世界大战中，为了破解德国恩尼格玛密码机加密的信息，在伦敦市外的布莱切利庄园诞生了第一台现代计算机——巨像计算机。无论是恩尼格玛还是巨像，无疑都是天才之作。在霍格沃茨，当乌姆里奇和她的手下监视飞路的时候，凤凰社发现了“更可靠”的通讯方法（凤凰社，830）。

隐藏。隐藏信息来源同隐藏其内容一样有效。这其中有两个原因。首先，信息来源不同，会让信息内容具有完全不同的意思。其次，如果你的信息来源认为你值得信任，那么情报收集工作也会变得更加容易。麻瓜情报人员为了掩盖他们的真实身份，已经将这一魔法发挥到了极致。特洛伊木马的故事众所周知，但是却很少有人知道美国部队在第二次世界大战时把自己隐藏在（纸做的）马的尸体里，并把武器藏在马的肛门中。看来，伏地魔把纳吉尼藏在巴沙特尸体中的做法并不是原创。正如亚瑟·韦斯莱所欣赏的，麻瓜们因为不具有魔法而进行了大量发明。那么，想想看，如果他们可以像巫师一样易容会出现怎么样的情况吧！

看起来易容马格斯是该领域技术最高超的。他们可以随心所欲地改变自己的容貌，而且不必借助药剂或咒语。不过就像唐克斯所说，真正的易容马格斯非常少，而且无法通过训练获得这种能力。这种变形术是天生的，所以不能把它当作可以随意使用的伪装工具。

阿尼马格斯是变形者中的佼佼者。他们也可以不借助药剂或咒语的帮助而随意变形——至少可以变成他们想要的动物。但是作为动物肯定有些事是无法做到的——更不要说每个阿尼马格斯只能变成一种动物了。而且一旦被其他人知道其所变的是什么动物，那么作为伪装的用处就会变得很有限。从理论上说，阿尼马格斯必须注册登记——不过我们知道有一个利用自己的变形能力来收集情报的阿尼马格斯——丽塔·斯基特就没有注册（看起来好像也不会被处罚）。鉴于此，我们可以看到，丽塔、彼得和小天狼星可以有效利用自己阿尼马格斯的身份来收集情报。

复方汤剂有一个必须面对的重大的缺陷。虽然在它的帮助下，你确实可以变成你想变成的样子。但是你首先必须得到你想伪装成的那个人的身体的一部分（而我们也看到了由于失误而导致赫敏所经历的非常夸张的情况!）。此外复方汤剂的制作时间也相当长。所以复方汤剂在快速进行的战争中以及无法提前六个月预知需要的情况下，用处并不大。另外，所有这些努力也不过只能维持一个小时（而且复方汤剂会在任何不应该的情况下失效——比如当你明明是马尔福最大的敌人，却扮成他最好的朋友而与他进行谈话时）。

在紧急情况下，还有一种短期药物可以帮你至少掩藏一下自己的身份，不过你不太能有效控制它的结果。想象一下当搜捕队到达时，赫敏用咒语将哈利的脸变得让人难以辨认——效果好到连德拉科都没有认出哈利。

最终，巫师有时也认为还是麻瓜们古老的化妆术更有效，而且还不用像蒙顿格斯的巫师化妆术那么麻烦。但是对于参加魁地奇世界杯的观众来说，他们可能误解了应该如何像麻瓜那样化妆，不过他们都尽了最大的努力，而且显然也做得不错。

心理战。在至少过去一百年里，情报机构一直都在试图破解其对手使用的最好的反情报工具：对方人员的思想。斯内普有吐真剂，但是麻瓜也不是没有类似的东西。硫喷妥钠也许是最著名的吐真剂，但是现代情报机构仍在不断尝试诸如 D－麦角酸二乙胺（LSD）和苯环利啶

（PCP）等致幻剂。不过所有这些药物都会破坏被使用者的可信度，而非增加其可信性。吐真剂也是如此。

其实斯内普并不是真的需要吐真剂，因为他会“摄神取念”。美国、俄罗斯和英国等国的情报机构都试图能像斯内普一样“钻进”对手的思想中。斯内普认为哈利不够狡猾，所以他肯定不会想到要用我们那些非常复杂的“加强型审讯”手段：水刑、压力姿势、剥夺睡眠以及感官控制等。我们在后面会对这些有所讨论。这些手段从本质上说和摄魂怪具有相同的效果：剥夺被审讯者的现实感和人格，让他们不再具有归属感，从而失去对国家和事业的忠诚。这样他们就会告诉抓捕者他们想听的话（事实证明这都是徒劳无功的）。

更微妙的是，有些情报官员被训练来预测对象是否有可能在撒谎——不过包括测谎仪在内的任何方法都不能保证万无一失。实际上，根据1997年由421名心理学家进行的调查估计，测谎仪的平均准确率只有61%（Vergano，2002）。1998年，对于美国最高法院审理的合众国诉谢弗一案中，占绝大多数的观点是：“没有就测谎仪证据的可信性达成一致”（合众国诉谢弗案，523 US 303［1998］）。

当然，如果我们想侵入别人的思想，就必须假设他们也是如此。就像邓布利多认为哈利必须学习大脑封闭术一样，我们教我们的军队学习如何生存、规避、抵抗和逃跑（SERE）。SERE训练中要求士兵模仿被捕、关押和遭受酷刑的场面，这样他们就可以做更多的准备，从而不至于在真实情况下迅速溃败。

虚假信息。植入信息与提取信息一样重要。但是做法迥异。美国政府坚信我们会被榜样所领导，所以一直说服军队负责人要在战争中“赢得民心”（实际上这是美国陆军民政部门最初设立的目的）。这一点非常重要，即使在民众无法直接影响军队时，在现代战争中为了摧毁敌人的士气，宣传战也无所不在。在魔法世界中，对人们观念和动机的控制是在更为个人化的层面展开的——比如利用巧妙有效的信任咒。或者如果需要更直接的控制（以致于由此带来的较为严重的后果可以忽略），还可以使用夺魂咒。

作为间谍工具的不可饶恕咒。哈利系列中有三种不可饶恕咒，虽然都可以用在情报工作中，但作用各不相同。如果罗琳认为这是三种最可怕的魔法，那么她所暗示的麻瓜世界中与此相当的手段都有哪些呢？

阿瓦达索命咒——杀人咒——也许是最明显和最直接的了。正如在第三章中所述，人最基本的权利就是生存权。所有谋杀在任何地方都被视为是最严重的罪行，阿瓦达索命咒亦是如此（请注意，罗琳在此处将古老的魔术师用语“abracadabra”与希腊语中的“cavader”［尸体］简单地组合在了一起！）。

第二个不可饶恕咒是钻心咒——一种酷刑。考虑到人权的问题，罗琳在此处想要表达的含义显然非常清楚。酷刑不仅违反了大多数道德规范，而且也违反了几乎所有主要的国际人权条约（包括《国际人权宣言》和《日内瓦条约》）。9·11之后，关于酷刑的讨论尤为热烈。特别是对于在反恐战争以及美国及联军在阿富汗和伊拉克的战争中使用酷刑的问题尤为引人注目。倡导者，尤其是小布什政府中的倡导者认为酷刑在某些极端条件下是正当的——比如“炸弹即将引爆”的情景，也就是当嫌犯掌握着可以挽救生命的重要信息，而且必须在短时间内得到这些信息的情况下。这些人还认为，在这种情况下迅速得到信息比通过长期关押来瓦解嫌犯的意志或尊重嫌犯身体完整权更为重要（更不要说无罪推定了）。

很多人（我想也包括罗琳）都认为酷刑在任何情况下都是不正当的，其辩护者为了使其正当化而提出的理由也都站不住脚。而且一个又一个测试显示，酷刑并不能有效获取准确的信息。通常来说，受到酷刑折磨的嫌犯会向审讯人提供他们想听到的答案，而非真正的信息。他们会信马由缰地猜想，人为制造出相关信息。实际上，身体和心理上所遭受的巨大痛苦会让人神志不清甚至死亡——这都超过了他们主观可以提供准确有用信息的临界点！

当然，这就是发生在纳威·隆巴顿的父母弗兰克和艾丽斯身上的情况。作为傲罗，他们对伏地魔构成了巨大的威胁，所以在贝拉特里克斯的折磨下导致精神失常。无论是在魔法世界还是我们的世界里，所有证据都表明酷刑所获得的有用证据只会比其他审讯方法更少，而不是更多。

在出现批评和争议后，布什政府领导下的国防部和司法部在很多场合下用“加强型审讯技术”替代了酷刑一词。这其中包括剥夺睡眠、压力姿势、水刑以及用狗威胁嫌犯并强迫他们长时间保持裸体等心理和情感折磨等残酷的手段。很显然，这些手段无疑都构成了酷刑。实际上，大多数国际组织都在谴责布什政府企图将在法理学历史上一直不被承认的行为贴上看起来可爱的标签而让它合法化的行为。

这就要说到最后一个不可饶恕咒——夺魂咒。和麻瓜世界中的“精神控制”一样，它是对对象的行为进行完全长期的控制。虽然进行了大量非法危险的实验（如美国和苏联政府等），但是麻瓜们还是永远也做不到这点。在魔法世界中，如果施咒得当，夺魂咒持续的时间会相当长。这个咒语在小巴蒂·克劳奇身上就维持了几个月之久。在伏地魔未能杀死小哈利后，很多食死徒都声称自己是中了夺魂咒。此外，夺魂咒也非常精确，甚至可以控制对象让他们做打开阀门和记住密码等琐细的事情。而且这个咒语当你以为已经失效的时候可能还在发挥作用。最后一点就是，这个咒语看起来相当可靠。比如赫敏第一次成功实施夺魂咒是在安全级别最高的环境下——古灵阁银行完成的。

为什么罗琳要把这个咒语和其他两个一起定义为不可饶恕的呢？我们当然可以想出其中的原因。也许控制一个人的行动并不像杀死或折磨他那样残忍，但是它剥夺了人类最本质的东西——他们的自由意志。另外，这种咒语实施后毫无痕迹，因此很难发现被下咒的人实际上被人控制了——这也比较容易逃避法律和道德的责任。我们在本书第三章曾经讨论过这个问题。

反情报。反情报活动包括预防、阻止或其他击败对方情报收集战术的措施。比如扰乱信号情报或向已知的情报员喂假情报等。霍格沃茨就到处布满了最先进的信号信息扰乱装置。正如赫敏观察到的：“麻瓜使用的魔法替代品——电啦，计算机啦，雷达啦，所有这类东西一到霍格沃茨周围就会出故障”（火焰杯，548）。

魔法部采取了严格的反情报措施。当伏地魔复活后，魔法部倾尽全力来掩盖这一事实，而不是为开战做准备。魔法部这样做完全是为了维护自己的合法地位。因为如果公众知道伏地魔已经回来的话，那么很显然就暴露了魔法部既不能收集到有关其意图的情报，也无力阻止他的事实。魔法部甚至有一个专门否认伏地魔归来的部门——错误信息办公室。食死徒变得越活跃，他们的工作就越繁重。在第六本书一开始我们就看到了福吉所说的“……错误信息办公室的人们正在加班加点地工作”（混血王子，13）。

既然每个从事情报活动的国家都认为（又是现实主义!）其他国家也在从事相同的活动，所以必须用类似将计就计的方法对其他国家的情报收集行为加以利用。比如，如果你知道有人在监视你的通讯渠道，而且可以确定通过这些渠道传递的信息会到达他们领袖那里的话，那么你就可以利用这些渠道来散布会误导对方的信息。在第二次世界大战登陆诺曼底的时候，盟军指挥官就是有效利用了在英国的德国情报员散布了他们将在加来登陆的假计划。虽然花了大力气来制造登陆部队的天线和雷达上的虚假影像，但是如果不知道在伦敦的德国情报人员的准确信息的话，这次对于诺曼底登陆胜利至关重要的欺骗也无法完成。同样，我们看到凤凰社散布了有关哈利将要离开的消息，而且还安排了六个而不是一个伪装掩护小组。

情报人员

限制情报使用的最大因素是要保护情报的来源。如果作为你行动基础的情报来源具有唯一性，那么这个来源很快就会暴露——并随之失去价值。请想一想，哈利必须一直保持警惕才能防止暴露他的消息来源是被认为已经逃往西藏的小天狼星。当假冒的穆迪在三强争霸赛中发现活点地图后，哈利并不担心会被要求交出地图，但是他更担心会暴露地图的来源——“如果老实交待地图是怎么落到他手里的，那就不仅会给他自己带来麻烦，还会牵连他的父亲、弗雷德和乔治·韦斯莱以及卢平教授”（火焰杯，477）。

如果说到最值得保护的信息来源，那一定是西弗勒斯·斯内普。第一眼看上去，斯内普（尤其是罗琳笔下的，而不是艾伦·里克曼所扮演的那个）从各方面看上去都和詹姆斯·邦德或者杰森·鲍恩完全相反。后者衣着光鲜，风流倜傥，而且所面临的危险也总是恰到好处。不过这三个人都难逃被人怀疑的命运，而且通常会遭到知道或怀疑他们身份的人的厌恶。在魔法世界中被指责为间谍会完全毁了一个人的名声，而且有时还会导致被关进阿兹卡班。没有人愿意“向神秘人泄露魔法部机密”（凤凰社，44）。

所以怎么才能成为一名好的秘密特工呢？从某种意义上说，整个魔法世界都具备这样的条件。正如特拉维斯·普林齐所看到的，隐秘和力量会让巫师变得非常危险（2009：246）。当麻瓜们不愿相信他们不能理解的事情的时候，巫师可以轻易向他们展示自己的法术。不过一个有价值的秘密特工人员必须具备的最重要的素质就是信任——对上级的信任以及对目标的信任。信任程度越高，这名特工就越有价值。为什么？我们可以来看一个例子。虽然奇洛教授是第一个被发现的特工，而且实际上用处也很有限。不过伏地魔也很清楚，他用奇洛只是因为他能够进入霍格沃茨。黑魔王知道他还没有得到邓布利多的信任，而且奇洛太软弱，除了利用他拿到魔法石，也没有什么其他的用处。所以他很愿意把他牺牲掉。

同样，虽然罗恩不信任维克多·克鲁姆（尤其是当克鲁姆对赫敏感兴趣以后），但是由于德姆斯特朗魔法学校与霍格沃茨势不两立，所以克鲁姆作为间谍的话，用处也不大。霍格沃茨的学生不信任来自德姆斯特朗的任何人，所以就算罗恩指责赫敏有“亲敌行为”（火焰杯，6），也不会有人向他们泄露任何内部秘密。与此类似的是，虽然罗恩的想法可能是对的，珀西能够得到升职就是为了让他监视自己的家，但是出于同样的原因，他也没什么用。全家人都知道他只忠于自己和自己的野心，所以为了不危及更重要的事业，绝不会有人和他讨论任何有关他们的计划。麻瓜的情报机构同样将个人野心视为危险的因素。情报人员必须知道什么时候该说，什么时候不该说。但是可怜的珀西就是控制不了自己，他非常骄傲自己能够接触到凤毛麟角的绝密信息。想想看，在三强争霸赛前，他冲动地告诉哈利、罗恩和赫敏自己知道霍格沃茨将会发生什么，而且，更重要的是，那是“绝密信息”！这就是典型的珀西

——不过真正的情报人员永远也不会这样做。一个很有用的经验之谈是：吹嘘能够接触到保密信息的人，通常并不能得到有用的信息。

不过也有例外。有些间谍会故意暴露自己。赫敏说过“她来这儿当然就是为了刺探我们大家的，这还用说吗”（凤凰社，252）。而她也不是唯一一个在乌姆里奇致简短欢迎词时注意到这一点的人。乌姆里奇自己说她在这儿是要对魔法部负责，而在《预言家日报》之后发布的信息表明，她一定得到了福吉的全部授权。在第一节黑魔法防御课后，大家肯定都知道她来这里的目的了——福吉选她绝不是因为她有教书的天赋或实际能力。如果我们认为她对福吉的价值是因为她的忠诚，那么就应该看一看她列出的黑魔法防御课至今为止的 47 条瑕疵——她总是假借魔法部的权威来行使自己的批评权。

从抵抗者的角度来说，亚瑟、唐克斯和沙克尔是凤凰社具有特殊价值的成员，因为他们三人都在魔法部工作。而且唐克斯和金斯莱与抵抗组织之间的联系并不为他人所知。我们还记得金斯莱甚至还领导了对小天狼星的抓捕工作，并“发现”了小天狼星在西藏的证据！（凤凰社，95）

也正是这种内部联系让小矮星彼得成为伏地魔一笔有价值的财富。至少在一段时间内如此。他和波特家非常亲近，所以他能带给伏地魔其他任何人都给不了的东西。实际上，当小天狼星被陷害的时候，指控他的人也正是利用他与波特家的友谊来解释为什么伏地魔会想要拉他入伙。在回忆中我们看到，弗利维说詹姆斯和小天狼星“形影不离”（“你会以为布莱克和波特是亲兄弟呢！”）。福吉也说，“波特信任布莱克胜过信任他的任何一个朋友。”

蒙顿格斯·弗莱奇是一个非常有趣的例子。小天狼星说他之所以能加入凤凰社，是因为“他有用啊……认识所有的骗子毛贼——哼，这也难怪，他自己就是那一类货色。不过他对邓布利多倒是忠心耿耿，……弄一个顿格这样的人在身边也有好处，他能听到我们听不到的东西”（凤凰社，87）。但是也许比较奇怪的是，蒙顿格斯和珀西具有相同的问题，因此限制了他们的可用之处——他的忠诚首先也永远是对自己的。所以在他本来应该在小惠金区跟着哈利的时候，他却溜走了，结果给了摄魂怪袭击哈利的机会。这也是为什么在哈利最后离开女贞路时，麻烦刚一出现，他就迅速逃走了。

作为一个角色，蒙顿格斯无疑衬托出了其他更有勇气的人物。在整个作品中，罗琳都把勇敢视为最高贵的品格之一，并以此对密探进行了划分。小矮星是出于恐惧当间谍的(“他——他到处得势！……违抗他有——有什么好处呢?”阿兹卡班的囚徒，214）——并且罪有应得。当他打算直接伤害曾救过他一命的哈利时，他的手首先背叛了他自己。相比之下，正义一方的间谍则愿意牺牲一切来挽救他人、保护真理，而成为“(我）知道的最勇敢的人”（死亡圣器)。这自然会让我们想到能力如此之强，如此聪明，又如此冷酷以至于我们在全书还剩100页时仍在怀疑他的人——西弗勒斯·斯内普。

从他第一眼看见哈利穿过霍格沃茨的大厅时起他就开始表现得不被人信任，这一伪装十分完美。如果残忍、教室中的侮辱、对詹姆斯的出言不逊以及留堂作业还不够的话，那么我们在哈利四年级的时候得知斯内普以前还是一名食死徒——渴望权力，希望利用黑魔法来获得权力——而且曾经倒戈过一次。当斯内普告诉多洛雷斯·乌姆里奇他的吐真剂用完了没法再用在哈利和他的同伙们身上时，他却给了她其他的毒药(凤凰社，745)。

哈利对斯内普的第一印象非常糟糕。这一点很重要。心理学家发现，当一个人开始评判其他人的性格时，他会下意识地用已有的观念来解释他今后的行为。决策理论家将此称为先验信念——这种判断行为会让我们过高估计与我们的信念相一致的信息的可靠性。与此同时，我们也会质疑那些与我们的信念不符的信息（Bayes)。实际上，斯内普做得非常好，甚至当他保护哈利和邓布利多时，哈利（和我们）仍然认为他在欺骗。比如，斯内普警告凤凰社哈利看到了伏地魔把小天狼星抓为人质。但是因为哈利到达魔法部后发现他看到的这些不过是为了引诱他前往魔法部，所以我们会认为斯内普的行为是为了帮助实现这个陷阱。在随后一年中，哈利向亚瑟报告，斯内普帮助德拉科加害邓布利多。亚瑟告诉他斯内普只是假装帮助德拉科，目的是知道他要怎么做。出于对斯内普一贯的憎恶，哈利回击道：“是啊，我想你会这么说的，可是我

们怎么知道呢?”(混血王子，332)

正如前面所说过的，最有价值的特工就是那些能够取得双方信任的人。像奥德里奇·艾姆斯和金·费尔比一样，斯内普也得到了双方的高度信任，而且自己也做得非常好。邓布利多不得不一次又一次地听别人告诉他，信任斯内普是个错误。实际上，这也是为数不多的哈利和德拉科能够完全达成一致的地方。而且也是邓布利多听到的德拉科的最后几句话之一。德拉科断定斯内普“是个双重间谍，你这个愚蠢的老头儿，他根本就没有替你卖命，你还被蒙在鼓里呢!”(混血王子，588)。

凤凰社其他成员也是因为邓布利多所以才相信斯内普的。不过就算像西弗勒斯这样能力出众的人，要想改变立场而不引起双方的怀疑也不太可能。食死徒也并不完全相信他的忠诚，只是他们不敢说而已。即使是贝拉特里克斯这样盲目相信黑魔王一切的人，也认为他不应该相信斯内普。不过她这样想完全出于她对斯内普的嫉妒，而且罗琳还把她描写成一个情绪非常不稳定的人，所以我们也不太相信她所产生的怀疑。总之，斯内普非常精明，而且能够完全掌控自己的意志和灵魂，所以他才能让邓布利多和伏地魔自始至终都相信他——并因此影响了整个战争的结果。

最后一点：有时特工对另一方的感情甚至会超过其他阻碍他们发挥作用的因素。比如，多少麦芽酒都比不过海格与巨人之间的联系：他的巨人血统。“给我这个夏天找点儿活干，”海格说，“不过，是保密的。我不能说，即使对你们也不能说……”(火焰杯，424)。和珀西一样，海格也不能适时保持沉默。不过其他人面对巨人则一点机会都没有。

隔离信息

情报只有对需要它的人才有用，而对不需要它的人则毫无价值。隔离信息，有时也称作“细胞化”。对于发挥情报的作用是非常重要的。隔离信息，或说对信息进行分解的唯一根据就是“需要知道”。通常包括甚至把你的同伴也蒙在鼓里。虽然人们总是告诉他是为了他好，但哈利仍然会因为有很多信息对他有所保留而感到沮丧。他认为这是不信任他的能力，而不是出于更大的战略布局的需要。不过他本能地认识到一定的信息隔离是非常重要的（或者说至少赫敏是这样认为的!），就像邓布利多军的组织所表明的那样。伏地魔几乎是出于本能来使用信息“细胞化”的。我们知道只有他知道谁向他汇报——而这给了他“战略性的反情报优势以及对食死徒的心理控制”（Waters，378）。

情报组织进行信息隔离的一个重要途径是对安全屋的使用。也可以说是安全地点，就是特工们在不被察觉的情况下见面、协商、监视或进行其他必要的秘密活动的场所。在魔法世界中，我们知道好几个这样的地方，包括哈利父母的房子以及后来的贝壳屋、陋居和唐克斯父母家。当然还有凤凰社幸运地得到的格里莫广场12号。其安全程度之高，就算要忍受布莱克夫人不停的吼叫也是值得的。

另外，魔法安全屋的保护技术和麻瓜情报人员所使用的技术也大同小异。安全屋的目的是与背景合二为一，达到“藏在眼皮底下”的效果。如果麻瓜的安全屋可以像布莱克家一样，那就可以消失在邻近的房屋之间！不过我们知道，如果格里莫广场12号不是因为不能被别人看到，那么也就完全失去了作用（凤凰社，60）。

在哈利的世界中，安全屋（通常还有信息）都可以受到“赤胆忠心咒”的保护。除非保密人泄露秘密，否则这个咒语无法被破除。虫尾巴和邓布利多都是保密人——这也表明这个角色在战略上的重要性。麻瓜可以通过我们前面所说的信息分隔来达到与“赤胆忠心咒”相近的效果。情报人员是根据“需要知道”获得信息的（哈利尤其恨莫丽·韦斯莱这样说［凤凰社，第八章］），而且任意两个情报人员获得的信息都不完全一样，所以即使有一名情报人员被捕，也不存在泄漏所有秘密信息的危险。从情报人员的角度来说，这要求他们在不了解完整信息的时候，必须高度信任他们的同伴。当哈利对比尔，或对卢平，或对亚瑟说，“你在凤凰社里……你知道邓布利多给我们留下一个任务，不许我们告诉任何人”（死亡圣器，354）的时候，他要求他们必须完全信任邓布利多的判断，也必须相信哈利自己在迅速成熟。在过去六年中对哈利性格反复的考验就是为了让他能够获得这些长者们的信任。

但是麻瓜们缺少诸如抗辨识魔法（虽然科学家们正在努力通过改变物体周围的光波来使其隐身）或全身束缚咒（虽然现在有可以仿效的高科技泡沫），所以麻瓜安全屋甚至麻瓜特工的平凡性对于保证他们的安全是至关重要的。实际上，情报人员的另一个重要性格特点就是忍耐。所有麻瓜情报人员都会对“住在反伏地魔行动的指挥部里，一点儿也不像（哈利）原先想的那样有趣，那样激动人心”（凤凰社，第九章）这样的认知报以会心的微笑。

以智慧取情报

斯内普的忠诚也许是我们跟随哈利之旅中最重要的神秘所在。我们对伏地魔对权力的追求以及对其进行的抵抗运动理解都取决于斯内普的忠诚。最终来说，这个变成一个又聪明又邪恶的教授的笨拙男孩才是决定善恶双方谁能取胜的关键。

所以罗琳要想要告诉我们的是，作为一名有效隐藏的特工，忍耐和自我控制与勇敢和力量一样重要。坚韧与行动也一样重要。这意味着为了你的信仰，你要牺牲你的名誉，你的朋友，你的身份，甚至在需要的时候，还有你的生命。从这个意义上说，做卧底实际是一种最勇敢的选择。

第八章
他唯一害怕的人：战争的性质

从哈利的旅程之初，我们就知道善恶之争只能用战争来解决。所以麻瓜的世界也一直纷争不断。战争是政治学中研究时间最长，研究的人也最多的一个主题。其最早可以追溯到修昔底德的《伯罗奔尼撒战争史》。关注战争是很自然的事，因为战争是一个国家可以承担的代价最昂贵的行为，而且通常还要用自己的生存作赌注。

同样，服兵役通常也是成为一个国家成员最重要的一项要求，至少对男人来说是这样的。哈利和罗恩对战斗的渴望不仅仅是出于他们对正义的追求，同时也标志着他们已经成长为一名合格的巫师，而且这也和他们是否通过巫师等级考试无关。在本章中，我们将探讨哈利世界中的战争与我们的战争之间有哪些相似之处，又有哪些不同。

对罗琳来说，政治是善恶矛盾的直接产物。所以，根据诺依曼所言，其本身就具有固有的冲突性。因此政治的核心问题主要为："（1）如何区分善恶。谁来承担此项任务在政治中至关重要。（2）如何组成正义联盟，并维持下去。（3）何时以及如何向邪恶宣战"（Neumann，Nexon and Neumann，162）。这些问题是战争研究者们最关心的问题，所以我们在本章中也要看一看罗琳就这些问题给出的答案。

在深入探讨更广泛的问题之前，我们不能忽视罗琳在书中对最特殊的争端——第二次世界大战所做的暗示。我们在前面已经看到，纯血统巫师思想所影射的正是第三帝国的纳粹思想。罗琳对战争的处理表明了她对第二次世界大战的敬意。“德姆斯特朗”及“格林沃德”等用词均出自日尔曼语的词根，而且还涉及特定的德国神话元素。[①] 哈利和赫敏袭击尖叫棚屋的时间正好是诺曼底登陆五十周年，即 1994 年 6 月 6 日（Schafer，2000：178）。福吉的绥靖政策和拒绝接受伏地魔归来的行为很多都是从内维尔·张伯伦那儿借鉴来的——福吉拒绝面对真相破坏了巫师世界面对伏地魔的准备工作，这和《慕尼黑协议》给伦敦造成的伤害是一样的。伏地魔的计划也是首先占领欧洲。约翰·格兰杰更是把韦斯莱与德拉库尔的婚礼描绘成是英法联盟（Granger，2008：255）。

战争的起源：是体系，还是我们？

在战争到底是国际体系结构不可避免的产物，还是国家与个人的行动与关系所导致的结果这一问题上，国际关系学者们一直争执不下。

无政府状态。我们前面已经讨论过了，现实主义者关注的是体系的无政府特性。这种特性会导致产生自救和偏执狂，并最终导致不可避免的冲突。20 世纪最著名的现实主义者之一是肯尼斯·沃尔兹。在《人、国家和战争》（1958）一书中，沃尔兹提出国际无政府状态不仅能解释为什么会发生战争，而且还可以解释国家之间合作的局限性。由于和平是公共产品，而且人们需要武装自己抵抗敌人，所以国家会在和平协议和武器限制上有所欺骗。如果没有国际执法者，将很难保障国家间的合作，冲突也永远可能发生（Waltz，1959）。现实主义者认为这些不安全因素是大多数国际争端产生的原因。哈利和他的同伴在快速变化又无法

---

① 正如在第四章中所述，德姆斯特朗这个词是德语中“狂飙突进”（Sturm und Drang）的谐音。而格林德沃听起来不仅仅像德语中的岩石森林，而是如艾弗·诺依曼所述，指的是《贝奥武夫》中的怪兽格兰戴尔。

预知的世界中经常觉得孤立无援，而且他们所依靠的大人看起来也不再能够保护他们。哈利第一次和魔法部打交道时，就发现了他们的无能，所以自然，当伏地魔逐渐强大起来后，魔法部变得形同虚设。

国际体系中的某些方面甚至会加剧这种冲突。现实主义者最关注的是其中的力量平衡——有没有形成大国或权力集团互相对抗的局面？修昔底德认为，如果主要力量之间形成相对的平衡（但是应该如何衡量平衡呢?），那么战争就会相对减少。这是因为任何一方都无法自信地预见其获胜的可能性，所以在发动战争的时候会特别谨慎，尤其是当可以用其他成本更低的方法来解决争端时更是如此。

但是也有人认为，力量不均衡的双方之间的矛盾才更不可能升级为战争。这是因为力量较弱的一方在事情继续发展之前就会退缩。贝拉特里克斯在神秘事务司一战中使用的就是这个逻辑，她是这样来打击哈利的：“（我）知道许多威力强大的咒语，你这个可怜的小男孩做梦也别想跟我较量”（凤凰社，529）。她希望他会被吓倒，而不是发现自己的真正实力。这些理论家不同意修昔底德的观点，他们认为如果国家之间力量均衡则事情会变得更危险，因为由于所获得的信息不完整，双方都认为自己比对方更强大。这不仅不会让他们有所退却，反而会促使他们向对方展示自己的实力，他们都相信自己更有优势。不管是哪方先这样做，另一方都会紧随其后。这是因为在观察到对方的行动后，他们会作最坏的假设——对方已经准备开战了。正是这种假设促使福吉把乌姆里奇安插到了霍格沃茨——他认为邓布利多正在筹建一支独立的部队。福吉只是简单地想破坏学生们的训练，但是在国际体系中，各国却试图赶上并超过对手的军备实力。伏地魔也受到了这种逻辑的驱使。而且像他这样傲慢的人，永远不会满足于现有的实力，所以在《凤凰社》和《死亡圣器》中的大部分时间里，他都在追逐他所相信的大杀器。在里德尔相信他一定会赢的时候曾经说过：“如果这次救你的不是爱，那你准是相信你掌握了我所没有的魔法，或拥有一件比我的更加厉害的武器？”（死亡圣器，739）。这是典型的现实主义偏执狂的表现。

还有人认为有多少支主要力量才是最重要的。在哈利的世界中，我们看到的是经典的两极体系——由两支主要力量组成。沃尔兹认为这个数量最有可能形成相对的力量平衡——并因此达到稳定。20世纪最重要的历史范例自然就是美国与前苏联之间的冷战。虽然意识形态、经济和情报争端不断，代理战争也不下百场，但是两个超级大国之间从来没有直接交过火。实际上，伏地魔和抵抗者之间也曾冷战过一段时间，主要依靠秘密袭击、情报战和干预经济关系（如魔法部突袭食死徒的家）来互相对抗。但是有人认为这正好支持了“不平衡”的假定。伏地魔在完全恢复肉身之前不想进行更公开的战争，并且希望有更多的时间来获得经济和军事上的支持。只有当他确定可以取胜时，他才会公开挑战官方权力机构。

个体。特别是在专制体制中，单个个体可以引发一系列最终导致战争的事件。我们不能认为个体能够像国家一样计算出他们的获胜率，因为个体的理性计算会受到很多因素的影响：有关他们敌人或自己能力以及国内支持的不完整或不正确的信息，没有人向他们提出良好的建议，个人历史及恩怨以及身体或心理是否健康等等。但是正如我们前面所讨论过的，伏地魔并非是无理性的，他是一个精明的战略家。他其实只缺少一条信息——他和哈利之间的联系。但是这是不是证明了他注定要失败呢？[①]

战争与技术共同演变

在战术和战略方面战争都经历了翻天覆地的变化。当战争的总体杀伤性变得更大时，在战场死亡的战斗人员却比以往少。科技“进步”让我们能够更有效地杀人，但医学技术的发展也让我们能够挽救那些在一百年前必定会死掉的伤员。

历史学家贾德·戴蒙（1997）曾说过，实际上战争和征服是促进人类历史技术创新的最重要的两个因素。为了说明这种演变，我们可以

① 个人也可以为转移注意力的战争负责。在这种战争中，外部威胁可以被用来提高内部的人气——已被充分证明的重振旗鼓的效果——或用于将巩固政权、分配资源或限制公民权利和自由的行为合法化。

想一想麻瓜战争连续几代的发展。分析家根据技术和战略的演变，将战争分为四代。首先，是人海阶段。从有组织的人类冲突出现一直到发明了火器为止。第二代，是大规模火力时期。这一时期一直延续到发明了坦克从而引进了新的作战战略为止。其后是第三代，此时冲锋部队不用再面对坚固的前线，在坦克的帮助下，可以长驱直入到后方打击虚弱的后院部队。以上三代都是将国家作为战争的主要参与者。但是，过去几十年中技术的发展让非国家组织在一定条件下也可以向民族国家发起挑战。不过由于这些民族国家实力雄厚，这些挑战还不足以产生威胁。由于敌对双方实力的“不匹配”，分析家把新的时代也称为不均衡战争时期。需要注意的是，根据此定义，恐怖行为也可以被当作是一种战争。我们在第六章中已经对恐怖行为进行了充分的讨论。但是巫师所拥有的技术让他们的战争一直是不均衡的——幸运的是，这既有利于食死徒，也同样有利于凤凰社和邓布利多军。

走出现实主义困境

对现实主义的批评家认为，国家并非一定会陷入狂妄自大和争端之中，除了无政府状态，国家之间还可以进行合作。理想主义认为，如果个体（我们自己和其他人）可以为了共同的目的进行合作，那么国家和国家之间也可以做到。他们相信既然个体之间存在共同目的，他们自然也会有兴趣促进争议，并建立有利于合作的机制（这其中包括国际保密规章等国际法律以及国际巫师联合会等管理组织。这些都可以约束各国遵守获得广泛认可的规则，并惩罚有侵略性的或不正当的行为）。实际上，理想主义者认为公正在引导国家和个体行为方面和权力的作用一样重要。因此，虽然邓布利多的洞察力超越了这些理想主义的内容，但他的领导风格符合理想主义的方法，而且明显借鉴了理想主义的准则。当他敦促学生们抵制伏地魔传播仇视，支持国际及物种合作时，他完全遵循了启蒙运动思想家、早期理想主义者伊曼努尔·康德等的优秀传统（详见《论永久和平》）。

康德认为民主，特别是民主国家的普及是国际和平的关键。他认为民主能够带来和平的原因至少有两个。首先，在民主国家中，各利益集团必须找到妥协的方法。一旦建立了这种妥协，其准则也会影响国家的对外关系——至少是与其他遵循相同准则的民主国家之间的关系。其次，战争成本巨大，只能是迫不得已的下策。在可能的情况下，大多数人会选择其他成本较低的解决方法。在民主国家中，人民希望避免战争的愿望会限制国家领导人进行不必要的或不明智的战争的能力。

不过这并不表示理想主义者等同于反战分子。理想主义同样可以解释为什么邓布利多和其他凤凰社的成员非常希望与黑暗势力进行斗争。因为他们知道伏地魔和他的手下不会遵循正义与妥协的准则，而且也知道，一旦伏地魔取得胜利，他们所辛苦建立的合作与公正的准则将会被付之一炬。

发动战争时的选择

麻瓜和巫师在发动战争时都会遵循基本的经验——制定可以实现的目标，确信军民指挥系统自上而下的统一以及维护畅通的沟通渠道。但是其他方面的选择就显得更为复杂。

结盟。由于现实主义非常强调权力平衡，所以结盟显得尤为重要。但是有关结盟的具体操作问题一直争执不下。利维（1981）发现，在主要大国形成联盟和在随后五年中爆发的涉及这些大国的战争之间存在着必然的联系。这说明对战争有所预见的国家会利用结盟的方式展示并扩张他们的实力。不过同时也说明，虽然一旦战争爆发，这些行动会给这些国家带来边际利益，但并不能帮助他们先发制人。麻瓜外交家经常诉说结盟的难处，而他们所面临的挑战与国际魔法合作司遇到的完全不同。那么结盟与团结完全不是同一物种魔法生物相比，在意识形态上究竟存在怎样的差异呢？

正如赫敏一直提醒我们的，“关于神秘人……‘制造冲突和敌意的手段十分高明。我们只有表现出同样牢不可破的友谊和信任——’”

(凤凰社，154)。但是伏地魔通过大量的沟通完成了自己的任务，而且他也尊重不同魔法生物之间的差异。与愚钝但是暴力的巨人之间谈判的难度，都写在海格脸上的鲜血和乌青之中。而且就算阻碍没有这么大，克服起来也并不容易——想一想和马人之间的谈判！就算可以说服他们，告诉他们能够从巫师之争中获得好处，谈判者就一定能制订出详细的协议——或者确保双方对协议的理解是一致的吗？与合作者之间的谈判也要求你能够按对方的想法去理解协议，从而避免达成一致的内容可能完全不符合你的利益。所以，哈利、罗恩和赫敏在计划他们与小精灵拉环之间的协议时非常谨慎。他们在故意误导拉环时必须小心不能撒谎。“我们就对拉环说，等他帮助我们进入金库之后，就可以拥有这把宝剑，”哈利说，“但是要说得很小心，别告诉他可以拿到宝剑的确切时间”(死亡圣器，508)。模糊处理在麻瓜的谈判中通常也是非常有效的工具。

不管这些生物具有什么样的特性，我们都很难理解为什么他们会与伏地魔结成同盟。不过伏地魔最有力的工具就是许诺能让他们获得比以前都好的待遇。虽然巫师们可能不同意，不过从小精灵的遭遇看，他们的确受到了巫师非常不公平的对待和欺骗，其中包括禁止他们使用魔杖以及盗用精灵制造的物品。狼人也受到了不应有的压迫，如无法获得公平的受教育权和工作机会。当伏地魔把狼人也纳入到他的核心集团中时，我们还会怀疑伏地魔所提出的号召的吸引力吗？

最后要说的是，有时共同的威胁也会促进形成不太可能形成的联盟。诺伊曼观察到“巫师形成的联盟是随时变化的”(Neumann, Nexon and Neumann, 162)。就像温斯顿·丘吉尔所言：“如果希特勒入侵地狱，我想我会在下院为魔鬼说句好话。”费伦泽曾说：“我一定要抵抗那个潜伏在我们森林里的家伙，贝恩。是的，如果必要的话，我要和人类站在一边”(魔法石，257)。这表明他比他的同伴们要更理智。此外，在最后的围攻时，很多看似不可能的人都加入了帮助霍格沃茨的联盟中，其中包括珀西·韦斯莱，家养小精灵克利切，马人以及斯莱特林学院的一些学生。

传统战争和非传统战争。战争爆发后军事领导人还要面临第二个选择。其中最重要的就是传统战争和非传统战争之间的选择。

传统战争指利用官方指派的（统一的）军事单位来打击另一支官方指派的军事单位或军事目标。非传统战争包括情报行动、心理战、阴谋破坏及其他秘密行动和使用大规模杀伤武器（为什么它们不属于传统战争不在此章讨论范围）。情报行动已经在本书第七章中作了详尽的讨论，但需要再次说明的是，情报通常是军事武器中最重要的一项。

关于非传统战争一直以来都争议不断，这是因为非传统战争被视为违背了战争的基本原则和规律。但是看起来魔法世界的战争双方都希望在需要的时候开展非传统战争。以斯内普为例，除了是一名优秀的双重间谍外，他也是一名典型的内奸——一个让他的目标按自己希望的方式行动的特工。这样他就可以利用目标的行动作为消灭或处决目标的理由。当他反复讥讽小天狼星只会安全地躲起来，而其他凤凰社成员都在外作战的时候，他可能只是为了打击一个曾经的对手。但是在哈利心里，对斯内普的这种恶意中伤却有自己的看法——“……后来正是斯内普的这番话促使小天狼星在那天夜里冲进魔法部，丢掉了性命”（混血王子，161）。

伏地魔也是心理战的高手。比如，当斯内普可能欺骗了他的时候，是伏地魔通过让他相信小天狼星被抓了起来，从而引诱哈利在小天狼星死去的那晚前往魔法部的。威胁当事人的家庭也是麻瓜审讯者惯用的战术。来自关塔那摩湾的证词很不幸证实了这一点。实际上，我们清楚地知道，是小天狼星与哈利的密切关系让他成为目标的。正如邓布利多对哈利解释的，“比如你逐渐把小天狼星看成既是父亲又是兄长。当然啦，伏地魔早已清楚小天狼星在凤凰社，也清楚你知道他在哪里——但是克利切的情报使他意识到，小天狼星是你会不遗余力去搭救的人”（凤凰社，831）。

凤凰社同样也使用了误导战术。金斯莱充分利用了自己负责追捕小天狼的身份，制造了有关小天狼去向的错误线索。麻瓜们在需要的时候，也会利用他们自己的魔法。在第二次世界大战中，联军就招募了一批会制造特效的专家，做出了非常特别的变形效果。这些魔法师们在夜晚时分，利用水中小船上的灯光制造了假的滩头阵地，把联军总部伪装成一堆废墟。在有关战争转折点——诺曼底登陆的时间和地点方面成功误导了希特勒的军队。我们对此还将进行讨论。

最后，和刑讯专家一样，伏地魔善于窥探敌人的内心，并且破坏或利用敌人最喜爱的东西。他试图将分院帽变成刑讯工具，把教育机构变成培养杀手的学校。

预测结果

当学者们沉湎于研究战争爆发的原因时，对决策者来说更重要的是要明白谁会赢，为什么会赢。毕竟，如果可以准确进行预测的话，我们实际上是不是就可以避免战争的爆发呢？或者说，如果国家领导人能够清楚地明白什么会导致战争的胜利以及其自身和对手的特点，他们就不会选择战争而是其他途径来解决争端了。这时他们可以清楚地知道哪一方会赢，哪一方会输。既然他们已经知道会输的话，那么他们为什么最开始选择开战呢？

那么什么能帮助我们对成功进行预测呢？这个方程式的部分变量非常容易定义：双方军队的相对规模如何？谁的技术设施最好？双方武器弹药的相对规模和精良程度如何？但是能够决定胜利的其他一些因素则较难衡量。

首先，是士气和忠诚。很多独裁国家也许能够较快动员部队，但是随着战争的拖延，民主国家更能从以下几方面获益。他们的战斗力量：(1) 是自愿加入军队的；(2) 是为了由领导者选择的战争而战，但是领导者是由人民选出来的；(3) 而且士兵为了他们认为和他们有重大关系的国家而战（但是民主国家对伤亡比独裁国家更敏感，所以一旦战争时间过长或比预想的流血更多也会导致公众舆论反对）。

这就让我们想到了巫师和麻瓜战争的另一个有趣的不同之处。在我们的世界里，战争通常是在群体而非个人之间产生的。在现代历史中，大多数战争都是在民族国家之间爆发的。但是在巫师世界中民族国家之间的战争是没有的。在麻瓜的世界里，民族主义是产生争端的最主要因素之一，但是为什么在哈利的世界中却没有呢？福克认为巫师的个人能力和力量让他们不像麻瓜那样依赖集体的力量（比如国家）（Folker and Folker，Nexon and Neumann，103）。我还想说，巫师法律体制和麻瓜法律体制的不同（详见本书第二章）也削弱了国家作为身份认同的来源。更重要的是，国家认同对于不同的人有不同的意义。这说明团体归属更多是由社会构建的——无论这个团体是一个人所属的国家，还是他的血统。

但是忠诚和士气这两个共生问题在战斗中的作用在巫师世界里同样至关重要。贝拉特里克斯就非常清楚这一点，她反复声明“她继续为伏地魔效忠，并说她为她在伏地魔失势后想方设法寻找他而感到骄傲，还说她坚信她总有一天会因为自己的忠诚而得到回报”（凤凰社，114）。但是，我们在本书第二章中讨论过，她是个特例。伏地魔的追随者中，很少有人是因为忠诚而服从他的。他们主要是因为恐惧。这意味着他的军队有和其他独裁国家的军队一样的弱点：一旦领导者出现衰弱迹象，整个部队就鲜有继续坚持的动力。这也说明伏地魔很少信任其他人。因为他相信他的魂器能拯救他，所以他不担心其他人对他忠诚与否，因此也不会和他的追随者发展更有意义的关系。

民主和独裁也会产生不同的军事理论。所有军队都有严格的指挥体系。在民主国家中，可以解放指挥高层和控制结构，让他们着重于进行宏观战略决策，因为战术决定和战场指挥可以由下属来负责。这种对指挥结构中下级的信任增加了整个军队的上气。但是在独裁国家中，其独裁领导制会导致产生更大的微观管理需要。如果你是通过武力获得权力的，你会认为也需要通过武力来保住手中的权力。所以，像所有独裁者一样，伏地魔事无巨细都要亲力亲为。他的内心独白和希特勒是一样的。“信任贝拉特里克斯和马尔福就是个重大的失误，他们的愚蠢和大意不是证明了相信别人是多么不明智吗？”（死亡圣器，551）。

需要注意的是，通过忠诚和共同纲领形成的统治与由于畏惧所形成的统治是有矛盾的。这也是理想主义者和现实主义者分歧的另一方面。现实主义者相信通过强权获得的统治，甚至只相信强权。他们认为通过纲领进行统治没有任何好处，因为最终强权仍会胜出。所以小矮星在为自己背叛波特一家做辩护时说：“违抗他有——有什么好处呢?”（阿兹卡班的囚徒，375）。而小天狼星之所以生气地斥责他就是因为彼得完全无视忠诚与友谊，而这正是卢平和小天狼星愿意牺牲一切所维护的。

“对抗世上最邪恶的巫师有什么好处呢?”布莱克一脸可怕的狂怒，“就是为了拯救一些无辜的生命，彼得!”

“你们不知道，”小矮星哀叫，“他会杀了我的，小天狼星!”

“那你就应该死!”布莱克咆哮道，“宁死也不能出卖朋友，我们为了你也会这样做的!”（阿兹卡班的囚徒，214）

而支持者则认为，对事业的忠诚要高于对朋友和家庭的忠诚。在韦斯莱家，我们看到这两种忠诚受到了痛苦的考验。哈利五年级的时候，韦斯莱先生被蛇咬伤后，小天狼星阻止弗雷德和乔治马上去医院，因为这样有可能会暴露他们的消息来源。一旦暴露，就会威胁到凤凰社的情报渠道：

“我们不关心什么愚蠢的凤凰社!”弗雷德叫了起来。

“我们的爸爸生命垂危!”乔治嚷道。

“你父亲知道他在干什么，他不会感谢你们搅乱凤凰社的大事!”小天狼星也火了，“就是这样——这就是你们不是凤凰社成员的原因——你们不懂——有些东西是值得为之去死的!”（凤凰社，477）

这就是赫敏和哈利在他们的整个旅程中所必须学会的。不过因为他们在魔法世界里没有家，所以对他们来说可能会更容易些。他们返回霍格沃茨准备和伏地魔进行最后的对决时与阿不福思的对话体现了他们思考模式的这种变化：“有时候你必须考虑比自身安全更多的东西!有时候你必须考虑更伟大的利益!这是战争!”（死亡圣器，568）。

伏地魔对恐惧的依赖也表现在对个人领导风格的影响上。有意思的是，罗琳也没有为了与里德尔形成反差，就把邓布利多描写成一个完美的领导者。在某种程度上，邓布利多也会进行微观管理。他会把应该告诉下属的事情藏在自己心里，让他们觉得——至少哈利是这样的——自己没有得到信任，也不具有自主权。邓布利多知道自己的时间不多了，但是他仍旧没有告诉任何人他为什么信任斯内普以及对战略计划有帮助的最后一战的情况。当哈利最终决定必须信任阿不思的时候，邓布利多的沉默让他很多年都在质疑和怀疑中度过。这不仅仅是因为斯内普和邓布利多，也是因为他自己。

约束战争

“战争法”这个词可能显得自相矛盾，但是它却是国际法中时间最长、发展最完善的领域。战争是一个国家所能承受的代价最高昂的行为，所以各国自古以来就一直希望能够减轻战争所带来的严重后果。战争法分为习惯法和成文法两部分。第一个是指被各国广泛接受的理解和原则。这些原则在成文法缺失时对这些国家也仍旧具有约束力。如《日内瓦公约》等很多很多成文法的建立就是为了把这些非正式的规范写成法律条文。更多这样的成文法是以条约或紧急国际情况法的形式明确规定的。

战争法主要涉及两个基本领域：规定发动战争原因的内容（在拉丁语中称为诉诸战争权）以及与战争中行为有关的内容（战时法）。被认可的诉诸战争的原因包括自卫反击、除开战外别无选择以及为了带来和平而作为第三者参战。很明显，为了抵抗伏地魔的势力而进行的是合法战争。

战时法包括很多原则。第一，比例原则包括使用合理必要的武力来实现目的。第二，有些设施永远不能成为合法的军事目标，除非其被挪作他用。这些设施包括医院、宗教机构、教育机构和文化标志。第三，军事人员必须通过军服或其他明显标识与非战斗员区分开。这一点非常重要，因为非战斗人员既不可以被当作袭击目标，也不能被用作人肉盾牌。第四，一些针对“受保护的人员”的特定人道主义待遇。这些人包括伤员、病人、失事船只人员以及所有的战俘和平民。必须向这些人提供充足的食物、水、住处、医疗以及精神救助。《日内瓦公约》和《海牙公约》都对此作了明确规定，同时限制使用某些特殊的武器（包括生物和化学武器）。比如，在第二次世界大战中燃烧弹很常用。燃烧弹在德累斯顿和东京的使用尤为著名。但是这明显违反了战时法。因为使用燃烧弹无法区分军事目标和平民目标。但是因为哈利的世界中没有常规巫师军队（虽然傲罗和食死徒与军队有相似之处），所以在这方面没有直接的可比之处。

虽然我们没有看到巫师世界中有正式的战争法，不过仍有类似的习惯法。比如，当阿不福思问："难道你们谁都没想到留下几个斯莱特林当人质吗？刚才被安全疏散的就有食死徒的孩子。把他们留在这里岂不是更高明一些？"（死亡圣器，622）时，哈利表示反对，因为这样会让他们成为人肉盾牌。同样，为了不让家养小精灵为他们作战，罗恩说："我是说应该叫他们赶紧逃走。我们不想再出现更多的多比，对吗？不能要求他们为我们去死"（死亡圣器，625）。

结束战争、保持和平

所有对战争的研究的目的都是为了防止、限制或减轻下一次战争产生的影响。那么为什么这些研究所起的作用都不大？同样，不同的学派也带给我们不同的答案。现实主义者当然会认为在无政府状态下，国家无法凭自己的力量找到解决不断增加的不安全因素的方法。理想主义者则会认为这是强大的合作体制和规则（制度）的失败。不过更可能的原因是——一次战争的余波会为下一次战争提供舞台。

这种事情总是一而再再而三地发生——美墨战争很快就激发了美国内战，而第二次世界大战的结束则直接导致了美国和前苏联的冷战。但是最著名的例子还是第一次世界大战后《凡尔赛条约》的签订让贫穷、屈辱的德国最终因为绝望接受了希特勒疯狂的民族复兴计划。第一次世界大战后对德国征收的赔款以及对其制造业和农业基础设施的破坏带来了债务危机和物价飞涨的通货膨胀。士气低落的德国人最后竟然相信他们的民族没有得到他们在世界强国中应有的地位——尽管希特勒的主张是建立在根本站不住脚的一堆胡言乱语和虚构的德国历史上的。

并不是只有麻瓜看不到一次战争的解决会为下一次战争埋下种子。

费伦泽说过："……巫师界的人们只是在度过两场战争之间短暂的和平时期。能带来战争的火星在我们头上明亮地闪耀着，预示不久以后肯定要重新爆发战争"（凤凰社，603）。伏地魔和德国一样，他并没有被第一次战争打败，只是受到了重创——而且还有足够的力量成为终极危险。

第九章

古灵阁与加隆币：魔法世界和麻瓜世界中的物质主义

“家住女贞路4号的德思礼夫妇总是得意地说他们是非常规矩的人家，拜托，拜托了。”

（魔法石，1）

会有人忘记我们第一次遇到哈利时的情景吗？我们是通过德思礼一家在女贞路营造的冷酷而又乏味的生活进入到奇异的魔法世界的。他们所想象的正常生活是建立在与他人不断的比较和对与众不同的深深恐惧之上的。罗琳在整个系列里的第一句话就表明了她对那些“美化规范”的人的态度（引自 Nel，47）。

德思礼一家唯一想表现出与众不同的方法就是他们的消费。消费是安全的，因为这样可以通过被广告企业一再确定的标准来衡量他们的个人价值。正如内尔所说：“如果德思礼一家代表的是标准，那么他们完全说明了资本主义价值对商品文化的依赖程度”（47—48）。罗琳笔下的德思礼一家，是典型的物质主义小资产阶级家庭的形象。对他们来说，钱是用来衡量个人价值的直接工具，因此也是整个家庭所追求的首要目标。罗琳想通过这样一个形象邀请我们思考财富的意义。然后她又描绘了巫师世界中钱与人物之间的关系，激发我们思考我们自己与物质财富的关系。

德思礼家：小资本主义的写照

德思礼一家一出现，就不招人喜欢（杰克·宰普斯称他们为“物质主义小市民”，176）。不过我们对他们并不陌生。非常巧妙的是，通往哈利世界的大门就藏在看起来千篇一律的乏味的市郊中。无论在英国、美国或者印度，都有这样无名的小村庄会跳进我们脑海，让我们想到小惠金区。而“女贞路”这个名字也暗指市郊那些整洁的女贞树篱笆墙（还有茅房!）。德思礼一家和其他住在市郊的中产阶级家庭毫无二至：一心向上，担心他们致力于向上爬的生活的所处的社会秩序会受到威胁，生活被消费充斥着。

西方工业化国家的中产阶级主要源自于中世纪时期的手工业者和自耕农。那段时期人口急剧涌入城市。资产阶级（法语意指市民）字面上是由介于地主和农民之间的中产阶级组成的。而地主和农民则是封建政治中两个主要的社会分类。

资产阶级的崛起以及他们经济权力和对旧贵族附带要求的增加，为其比例不断增加的人口提供了参政的机会。资产阶级成为英国、法国和美国革命的动力，同时也推动了他们所奉行的启蒙运动原则的普及。其中包括废除国王神圣的权力，承认所有人具有平等的智力潜力，对宗教教义的质疑以及科学调查和实证原理的不断发展。

但是资产阶级也成为地主等旧阶级嘲弄的对象。他们嘲笑他们冷漠，只关心钱（因为他们的钱都是刚到手不久的，或者说是暴发户），而且缺少教养（对18世纪法国资产阶级最鲜明的讽刺可以在莫里哀的

《贵人迷》一书中找到。这本书讽刺了试图变成贵族的暴发户商人)。资产阶级在一定程度上受到了批判，而弗农·德思礼就是这一为人所熟知的人物形象的现代版。

消费和成功。我上面已经说过，消费主义，或者说主要以获得物质商品的多少来衡量在社会中取得的成功，是资产阶级文化中最受人讽刺的一点。美国文化就是因此受到批评的。即对物质的追求代替了对哲学、智力、精神、社会和道德成功的追求（可见托斯丹·范伯伦的论述。Veblen，1899)。简言之，范伯伦、韦伯等其他学者，特别是马克思主义传统认为，工业产品的大规模生产导致了大规模的消费。当市场饱和后，一定量的多余消费必须进行有计划的淘汰、创新，或提高物质财富质量等象征一个人已经在社会中“成功了”等需求来进行消化。很明显，这些标准对德思礼一家也是最重要的。最鲜活的例子就是哈利在他十二岁生日即将到来时发现的事。他很惊讶地发现弗农宣布那是很重要的一天。在一瞬间，他还以为德思礼家终于有一次记住了他的生日。但是他很快就意识到，“当然啦……弗农姨父是在讲那个愚蠢的晚宴。他两星期来张口闭口说的都是这件事。一个有钱的建筑商和他妻子要来吃晚饭。弗农姨父希望那人能订他一大笔货”（密室，5)。

我们知道德思礼一家认为人的财富只包括两样东西：他们所获得的物质和遵循德思礼一家所认为的正常标准。约翰·格兰杰称他们为“近年来文学作品中出现的愚蠢的物质主义者和墨守陈规的地位追求者”(Granger，2007：178)。弗农“总喜欢根据别的男人开的车有多宽敞、多昂贵来评价他们”（火焰杯，41)，而且他穿上他最好的西装不是“表示欢迎的意思”，而是“弗农姨父这么做是为了使自己显得风度不凡，盛气凌人”（火焰杯，40)。

成功是用物质财富来衡量的。弗农对他的工作很满意，在某种程度上也很喜欢这份工作，不过他从来也没有表示过对钻机的热情。当有一桩大生意出现时，他非常兴奋，但这并不是因为他将在钻机销售领域获得新的声誉，而是因为“明天这个时候我们就能选购在马卡乔的别墅了”（密室，7)。

有两个人物是过度消费的典型代表：达力和弗农的姐姐玛姬（她只

在哈利读三年级以前出现过，然后我们就再也没见过她——也许她不希望再被举起来了）。除了对消费品巨大的胃口，达力还有一个字面意义上的好胃口。他从一个看起来像“一只粉红色的大海滩气球”的婴儿，长成了哈利十一岁时我们所见到的“一头戴假发的猪”——这种比喻海格肯定无法理解。玛姬体内充斥着食品、酒和过度自负，所以她在激怒哈利后，很快就被吹满了气飘走了（我们肯定也不会奇怪玛姬还养狗——至少在美国，很多人都奇怪地热衷于上流社会对“好的教养”的喜爱，虽然他们本身没有受过良好的教育而且敌视知识分子）。

消费和遵守。当一个人把物质财富作为衡量他人价值和自我成功的标准时，了解他是如何评价邻居是非常重要的（有些人可能很熟悉英国电视轻喜剧《浮华外表》，Keeping Up Appearances。这部剧就是对这种偏见的最好讽刺）。所以，佩妮姨妈最高兴的事就是传小道消息以及在饭桌上讨论邻居们最近的做的事情。

在这种情况下，要注意的是，钱不仅具有本身的价值，而且也是通往“正常”社会俱乐部的通道。德思礼一家看起来并不是以物质固有的价值来判断它们的。弗农并不热衷于和佩妮或者他在修车厂的朋友谈论他的新汽车，他更愿意带着全家“到前面的花园里欣赏（他的）公司给他新买的汽车（嚷嚷的声音很大，好让街上的人都能听到）”（阿兹卡班的囚徒，3）。在我们认识达力的第一年，他想要一辆新的赛车。但其实他非常痛恨锻炼。所以我们知道这只是身份的象征，而非交通工具。和哈利一起看看达力第二间卧室的书架，我们会发现他对所拥有的东西的兴趣仅仅因为它们是新出的或者是为了效仿其他的孩子。他对东西完全无所谓的态度更说明这仅仅是一种身份的象征而已。他用鹦鹉换了气枪，但是气枪却被他坐在了屁股底下；电视也在他发脾气的时候摔坏了；玩具更是在他生气的时候被扔到了窗外。

反之，哈利的到来也并不是因为事件的本身而不受欢迎（很明显，德思礼一家完全可以好好对待一个问题青年），而是因为他违背了他们一直苦心为之奋斗的“正常身份”——因为他“与德思礼一家的为人处世完全不一样”。①

有形资本和社会资本。对于批评消费主义和资产阶级文化的人来说，主要的问题不是享受物质上的舒适，而是用物质商品替代了社会商品。

社会学家（包括社会学家皮埃尔·布迪厄和政治学家罗伯特·索尔兹伯里、罗伯特·帕特南）所使用的“社会资本”一词略有不同，但是基本上都包括社会关系网络、相互间的信任以及最终的整合和体制化，从而形成有弹性的、民主的、有效的社会。比如志愿者协会、宗教机构或者社区中简单的互助组织（通常很小，但是很传统）都是它的有形表现形式。

因此很多消费主义批评家担心，消费文化最终会导致人们用对物质资本的追求代替对社会资本的追求——一种更原子性（个人化，彼此疏远）的生活方式。民主人士认为这会破坏政治参与度，而这正是强大的民主社会的基础。

对于德思礼一家来说，为成功烙上物质性标志以及思维方式的标准化为他们创造了清楚明确的目标。无需作艰难的决定，也无需建立有深度的人格。需要注意的是，在魔法世界中，也有完全对应的角色——洛哈特。他没有什么天生的技能（除了记忆咒），而且只关心一种衡量成功的标准：名望——当然，这会带来物质保障。

巫师资本

在巫师世界中，金钱的作用以及金钱作为成功的象征的可靠性看起来更不固定。约翰·格兰杰认为哈利·波特系列是“对我们这个时代物质主义的反制咒语”（Granger，2008：1）。

虽然在巫师世界中也存在资产阶级，但是并不明显。虽然也有物质

① 有趣的是，对于德思礼一家的吝啬，有一个非常令人震惊的意外——他们照顾了哈利十六年，从来没有要求过回报（Mendelsohn，Whited，173）。

身份象征，但其具有的工具价值大于它的象征意义。换言之，商品不是用来崇拜的。

但是巫师世界中也存在着不同的阶级。如果用物质财富来衡量的话，我们可以给巫师社会大致作如下几个分类。

- 富有的“古老”家族，不成比例的纯血统，而且通常也是腐败、自负或邪恶的象征（马尔福家族、布莱克家族、克拉布家族和高尔家族等）。

- 很明显的中产阶级公务员和小商人，有些是纯血统，有些则不是。其中包括各类人，但很少有腐败的（韦斯莱家族、洛夫古德家族和迪戈里家族等，虽然韦斯莱一家很穷，但是韦斯莱先生的工作以及家中其他地方的财产无疑让他们至少是下层中产阶级）。

只有一个主要角色肯定是劳动阶级：海格。

当然，还有像蒙顿格斯这样的边缘化/罪犯类的人物。不过我认为这些象征性的人物很难说可以组成一个阶级。

如果经济学家或社会学家要对巫师世界做一个简单的调查的话，他们也许会认为在巫师世界中的收入分配属于双峰模式。不过按照他们的职业、生活方式以及可分配的收入来看，绝大部分巫师所过的都是典型的中产阶级生活。有意思的是，我们没有找到魔法部中有负责税收、劳动或养老金问题以及住房和教育的部门（Stouffer，194）。既然政府需要税收，而且收入分配一直存在着不平衡，那么这一空白就显得尤其令人不解。

对罗琳而言，金钱和物质并不是成功和幸福的主要因素。很明显，韦斯莱一家就是哈利梦想中的家，而陋居简直就是天堂。社会资本在巫师社会中生机盎然。

当然，即使在这里有些事情也是用加隆币和金子来衡量的。特别是在以下两种情况下，财富显得特别重要：当经济和社会地位存在差异时（韦斯莱一家虽然关系非常好，但是很穷），以及家族间存在差距时（比如马尔福家和韦斯莱家）。

但是当我们承认韦斯莱家的贫穷让他们变得被人看不起时，我们应该认识到几乎每一次嘲笑都是由马尔福家的人发起的。虽然韦斯莱家很难保证收支平衡，但是亚瑟和珀西在魔法部都占据着重要的职位，比尔和查理的地位也很显赫。此外，我们从来也没有听其他学生讨论过有关财富的问题。所以有可能马尔福一家实际上是因为韦斯莱家是“血统背叛者”而讨厌他们，而并不是因为他们没有钱。不过贫穷非常容易成为目标，所以他们才会这样做。

钱的作用。关于财富在魔法世界中的作用，我们至少可以得出以下几个结论。

首先，与（德思礼版本的）麻瓜世界相比，巫师社会不是一个主张消费至上的社会。巫师们对新奇的小玩意儿更感兴趣。有什么能像光轮 2000 那样抓住哈利的想象力呢？对于第一次到霍格莫德的人来说，有什么比蜂蜜公爵糖果店更神奇的地方呢？在恐怖时期去一次韦斯莱魔法把戏坊到底有多大的治愈效果呢？即使最普通的清洁产品也许诺可以改变购买者的生活，就像我们世界中的情况一样。矢车菊：适合全家的飞天扫帚——安全，可靠，带有内置式防盗蜂音器……斯科尔夫人牌神奇去污剂：轻轻松松，去除污垢！（火焰杯，96—97）。而且我们也没法忘记斯拉格霍温对奢侈的小细节的热爱。“这里有软椅、垫脚凳、饮料和书籍，还有一盒盒巧克力和一堆鼓鼓囊囊的靠垫”（混血王子，67）。不过即使是他也更看重权力和影响力的价值。

其次，很明显，就像在我们的世界里一样，财富也是通往政治与社会权力的途径。国会候选人的年均收入让他们成为最上层的那百分之一决不是巧合。钱越多的人，关系就越多，时间和灵活性也越多。在哈利的世界中，虽然没有竞选，但是钱也可以用来收买像卢修斯这样的人。亚瑟告诉我们：“许多年来，马尔福一直对各种各样的人出手很大方……好使自己跟有权势的人攀上交情……然后可以要求特殊照顾……让那些他不想通过的法律一拖再拖……哦，卢修斯·马尔福，他真是能耐不小，神通广大啊”（凤凰社，155）。我们也不用只听亚瑟的一面之词。福吉自己也在魁地奇世界杯上证实了这一点：“卢修斯最近刚给圣芒戈魔法伤病医院捐了很大一笔款子……他是我请来的贵宾”（火焰杯，101）。在同一年的稍后时候，福吉又用马尔福的慷慨为理由拒绝接受哈利对他的指控——这完全是一个没有根据的推理，除非是在用金钱可以买来权力、特权和豁免权的社会里（Waters，357）。马尔福甚至成功影响了处置危险生物委员会。至少海格是这么说的。他说赫敏为有翼兽巴克比克所做的准备“没有用！……处置委员会的那帮魔鬼，他们都是受卢修斯·马尔福指使的！都怕他！”（阿兹卡班的囚徒，219）。

这种腐败带来的第二个问题就是它有自我发展的倾向。当我们接触金钱和权力时越年轻，这些信念在我们心中确立的位置就越深（比如透明国际组织就对前苏联的这种现象有明确的记载。在前苏联，腐败行为不仅具有很大的破坏性，而且也具有很长的持久性）。所以，我们可以看到德拉科仿效他父亲的做法，不仅用钱获得了加入魁地奇球队的机会，而且也让乌姆里奇解除了暂停球队训练的命令：

乌姆里奇让斯莱特林魁地奇队继续活动，我今天一早去问她的。嘿，这事办起来简直跟自动的一样。跟你说吧，她和我爸爸很熟，我爸经常出入魔法部……格兰芬多能不能继续活动就有的瞧了，是不是？……要论对魔法部的影响，我觉得他们没什么机会。（凤凰社，248）

德拉科在学习问题上同样认为财富可以作为获取成功的工具。考试前几天，有人听见他在魔药课堂外大声告诉克拉布和高尔，“重要的不是你知道什么，而是你认识什么人。我爸爸跟巫师考试管理局的头儿有好多年的交情——老格丝尔达·玛奇班——我们请她吃过饭，什么事情……”（凤凰社，461）。

此外，卢修斯·马尔福并不是个案。在格里莫广场十二号，凤凰社的成员发现了“一枚梅林一级勋章，是授予小天狼星的祖父的，奖励他‘为魔法部作出的贡献’。‘就是说他给了他们一大堆金子。’小天狼星轻蔑地说……”（凤凰社，117）即使像威利·威德辛这样的普通的戏弄麻瓜的人也可以买到法外豁免权。“别问我为什么，厕所爆炸一事居然没定他的罪，”韦斯莱先生低声说，“我只能猜测有金钱交易。”（凤凰社，490）

但是在这些情况中，很明显金钱扮演了贿赂的角色。它无法决定个人所获得的尊重或爱——除了马尔福。马尔福总是不失时机地让罗恩感到不安全。从罗恩家的房子到他的扫帚，他嘲笑他的一切。"'看看他的袍子成了什么样儿，'卢平教授经过时，马尔福故意说得让别人都听见，'他穿得就像我们家以前的小精灵'"（阿兹卡班的囚徒，141）。需要注意的是，这同时也说明了在第三章中讨论的"谴责受害者"现象——狼人受到的歧视而不是他自身的问题，让卢平很难找到一份报酬体面的工作。

不过在巫师社会中，一般还是不会把个人财富与他们的自身价值画等号。不过和在麻瓜的世界中一样，太显眼的消费可能会起到反作用，引起别人的厌恶或被视为粗鲁或自高自大的行为。还记得在《死亡圣器》一开始，食死徒们虽然心怀恐惧，但是在进入马尔福家后看到卢修斯的白孔雀时，还是觉得很滑稽。如果一个人一开始就因为自己的财力而怀疑别人对他的忠诚，那么财力同样也会带来不安全感。比如，当伏地魔抛弃了卢修斯后，他马上就失去了他的权威，而且这个过程在他失去魔杖时达到了顶峰。

不过读者们也不会忽略在跟随哈利冒险过程中体会到的对贫穷的态度。我们都知道我们的主人公继承了属于他自己的钱。但是我们并不了解细节，詹姆斯也是因为接受了遗产，所以不需要工作。从这个角度上说，哈利更像他的贵族祖先，而不是韦斯莱一家。他甚至也和普通年轻人一样喜欢购物。实际上，在瑞典等一些更具社会主义性质的国家中，这套书被批评为"是一个充斥着保守主义和商业化社会生活的社会的写真"，而且明显接受了阶级不平等，并将其正常化（Towns and Rumelili, Nexon and Neumann，63）。不过这可能更多是指美国和英国目前的麻瓜价值观而不是魔法世界的价值观。

可以肯定的是，哈利对自己财富的使用与马尔福家和德思礼家都是完全不一样的。而且这对他的身份来说也不重要——这要感谢他是在贫穷中长大的。但是这并不是邪恶的贵族与善良的中产阶级之间的直接对比那么简单。韦斯特曼认为，"哈利进入巫师世界并不是摒弃了物质主义的价值观，反而给了他一个接触到这些价值观的途径"（见 Whited，310）。

虽然吉尔伯特（见 Bryfonski，2009）认为哈利的价值观既不属于社会主义价值观也不属于再分配经济的价值观，但是朗瓦拉却认为哈利的价值观以及他在冒险过程中逐步稳定的价值观属于“早期中产阶级”，也就是韦伯理论中的“新教伦理”概念，即“强调延迟的满足和纪律”（Rangwala，Anatol，2009：129）。在这里，朗瓦拉引用了马克思·韦伯关于新教主义强调通过努力工作实现救赎是资本主义驱动力的论点。因为这种观点将生产力与道德品质画上了等号，所以朗瓦拉认为罗琳把物质财富描述为辛苦工作可能获得的回报，虽然仅仅是众多回报中的一种。在这儿想说和其他地方一样，重要的不是人的出身，而是他们所做的选择。

第十章
总结：政治世界中的哈利·波特

大众娱乐不仅比新闻或政治事件拥有更多的读者，而且通常也会影响读者对这个世界的基本认识。

——丹尼尔·尼克松，艾弗·诺伊曼，

《哈利波特与国际关系》(8)

我相信卡斯特罗所说的，“最好的［小说］不是靠模糊、主观的虚假教条，而是要讲述作者和读者所在的真实世界中的问题”（Castro, Lackey, 131）。如果在过去的十多年里，我们一直在跟着哈利一起旅行，那么我们就会知道，无论是麻瓜还是巫师，人性就是人性。但我们同时也会发现，还可以有和我们麻瓜通常所想象的完全不一样的方法来组织权力和进行统治。

在该系列的政治主题尚未明确显现时，斯蒂文·韦斯曼在谈论《魔法石》时曾说，“书中讲的是魔法，但主题却是社会”（引自 Gellis, Lackey, 29）。《哈利波特和魔法石》是 1997 年 6 月在英国出版的。当时世界刚刚进入后冷战时期。苏联解体和发生 9·11 袭击之间的这段时间看起来是一个短暂而又理想化的时刻。像法兰西斯·福山（1992）这样的公共知识分子可能会预测这是“历史的终结。”对这些观察家来说，国家之间最后也最大的冲突已经结束了，而自由市场、“自由”国家战胜了另一种高级官僚过多、毫无效率的苏联式的共产主义。其主导过程似乎就是因为因特网和虚拟市场的普及而加速发展的全球化过程。但同时，另一些观察家在这一过程中也看到了“历史的终结”的消极一面。本杰明·巴伯（1993）把新全球化的地球称为“麦当劳世界”——一个联系更加密切、同质化不断增加、意识形态不断减少，并被统一的消费者文化所取代的世界。在这个世界里，市场和公司远比国家更强大，公民处于退化为消费者的危险之中。

在某种程度上，我们仍处于这一时期。而且与哈利所在的麻瓜世界在很多方面都很相像。比如他们强调消费过程和成功的物质象征，而不是创造性或文化成就。德思礼一家关心的是如何保持他们的外表，特别是成功的外部表象。这让他们从很多方面都更像是经典的世纪末资产阶级家庭。达力则集中体现了“Y 一代”年轻人身上很多普遍性的问题。比如对下一个大物品的盲目而又无法满足的迷恋，对新获得的东西立即消失的热情，有计划地丢弃物品等，这让他们更加容易喜新厌旧。另外还有越来越普及的营销手段。这种营销手段不仅催生了这些欲望，而且也让欲望最终无法获得满足。

麦当劳世界产生的部分原因就是这些造作但是无法维持的欲望以及公司对利益无限的追求、资本主义病态的过度发展。当我撰写此书时，美国和欧洲的占领运动已过去了一年——这是中产阶级和工人阶级积压已久的痛苦和愤怒。他们仍在继续被国际银行和信贷业的掠夺行为所压榨，被全世界政府的失职所压榨。政府本应确保这些行业不会故意误导他们的公民。当《死亡圣器》在 2007 年 7 月出版时，目前非常严重的全球金融危机才刚露头角。但是很明显，对于我们能否相信金钱利益集团可以明智地管理国家以及获得财富是否可以代表一个人的智慧或正义感，罗琳都有很多话要说。不仅仅只有马尔福一家骄傲自大，对同类生物（巫师或是其他生物都一样）态度冷漠，而且十分腐败，这些其实

是哈利世界中几乎所有有钱人的共性。实际上，我们见到的最贫穷的家庭也不仅仅是用爱、欢笑和忠诚来补偿他们的亲人的。罗琳写得很清楚，韦斯莱一家在这个问题上作出了清醒的选择——亚瑟放弃了升迁的机会，因为他不会放弃自己的原则。

全球化也受到了另一进程的挑战。我们可以在全球“反恐战争”中找到这一进程最明显的表现形式。巴伯将此进程称为“Jihad”（圣战），不过他说的并不是严格意义上的“圣战”。他指的是所有形式的分离派原教旨主义——一种只相信自己的世界观是唯一正确的，而其他世界观都必须被清除的思想。重要的是，任何意识形态、宗教、民族主义、经济等都可能成为原教旨主义。巴伯说：“我用这个词……是指那些教条的暴利的排他主义……这样基督教徒不比穆斯林少，还有德国人、印度人和阿拉伯人”（Barber，7）。

原教旨主义最危险的是其所推行的摩尼教思想（二元论，黑与白，我们对他们）。这种把一面称为“善”，另一面称为“恶”的思想的危害是——当我们把我们的敌人视为“恶”的时候（我们因此变得失去人性），我们会把剥夺他们最基本的权利当作正义的行为。而这些基本权利是出于人道主义精神，我们所有人都应该享有的。此外，大多数“恶”的概念也排除了改变或拯救的可能性。所以相比物质资源的争夺或者政治政策地位之争，善恶之争更不可能通过协商和妥协的方式来解决。我们可以共享一片国土，或者在两个政策地位之间找一个平衡点，但是大多数政治领袖都不希望与“恶”达成妥协。不幸的是，政治野心家发现“恶”这个简单而又强烈的语汇可以成为刺激公众支持的有力工具。

罗琳给了我们一个思考用不同的方法来衡量善恶的机会。在哈利的世界中徜徉后，我们可以会回到我们的世界来看一看美国和阿富汗，极端伊斯兰教徒和福音派基督徒、以色列和巴勒斯坦，它们只不过是一体两面，而且并不是不可调和的。

全球反恐战争也激起了在后冷战时期一度停息的争论：现实主义者和理想主义之间的争论。如果想想我们关于战争的讨论，像修昔底德和霍布斯这样的现实主义者所看到的世界主要是权力关系。国家的行动主要是由无政府状态以及为了寻求自身的安全所进行的。而在另一方面，理想主义者却看到了无政府状态下合作的可能，尤其是当制度和法律可以帮助建立起国家之间的信任、当人性中的合作倾向可以通过民主政府来表达的时候。此外，理想主义者还认为，考虑到国际问题日益增加的跨国性（包括环境破坏、全球变暖和大规模杀伤性武器的扩散），这种合作不仅是可能的，而且为了物种的继续存活，也是必须的。有些人把现实主义和理想主义的差别解释为是权力至上与正义至上的区别。

罗琳清楚地要求我们按照她处理权力的基础以及战争疑云的方法来考虑这些问题。而且她站在正义一边。为了权力而追求权力，置自卫本能于所有其他之上，在短时间内也许可以获胜。正是这点帮助伏地魔获得了权力，并通过羞辱、威胁或诱惑帮他找到了合作伙伴，而且还帮助他一步步创造着他所期待看到的世界。但是就长期而言，这不仅对所有生命来说是不公平的，而且会摧毁他们，最终也会摧毁伏地魔自己，并让哈利成为几乎不可战胜的人。当哈利一直在担心邓布利多过于相信人善良的一面时，他（和我们）认识到更危险的是，我们只看到并相信他们最坏的一面。约翰·格兰杰就罗琳使用误导方面撰写了大量文章，并提醒我们，我们会发现我们在评价她的性格时也带有成见。

在麻瓜历史上，正义的概念经过几千年的演变，已经不仅仅包括强国之间协商解决问题，而且还包括保护最弱势成员在内的国际社会所有成员的基本利益。随着全球化对世界上其他地区认识的不断增加，基本人权这个概念也随之发展。但是它同时也受到了威胁。比如反恐战争过于简单的表述引发了全球不平等，以及越来越多的人要求获得与西方相同的权力所带来的环境挑战等。

更重要的是，罗琳呼吁人们的宽容与人类的尊严。在一次采访中，当被问到“如果你可以用一件事来改变世界，你认为会是什么?”的时候，她回答说：“我会让我们每个人多一些宽容”（Gellis，Lackey，37）。实际上，她展示了种族和物种内部以及完全不同的生物之间可以如何以大体平等的方式来相处。我们从哈利的成长中学到的不可忽视的一课就是，我们所有人不必拥有相同的价值观。她笔下的家养小精灵、狼人、巨人、马人等等都表明，我们可以有不同的能力，不同的倾向，甚至不同的天性，但是我们都值得拥有相同的自由和尊严。

但是也许更有意思的是，从家养小精灵到狼人，从巨人到马人，我们几乎可以在所有类型的生物中找到非常邪恶和腐败的例子（公平地说，我们没有看到巨怪在这方面的例子，但这并不能说就不存在）。但是这其中的意思是——也许是所有中最重要的一句是：我们的出身并不重要，我们是谁取决于我们所做的选择。罗琳告诉我们，并一而再再而三的展示给我们的是——我们都是有选择的。而且这些选择都很重要，因为我们永远不知道它将把我们引向何方。

在我们跟随哈利的旅程中，我们有多少次看到微乎其微的选择最终引发了无法预测却至关重要的结果？哈利解放了多比，只不过是因为灵机一动，但是他却赢得了一位朋友。而且没有多比，他可能无法活下来。佩妮姨妈勉为其难地（我们完全可以想象）决定在莉莉被杀后保证哈利的安全，不仅帮助他隐姓埋名，而且也维持了他妈妈对他的爱所形成的保护。伏地魔误听了特里劳妮最初的预言，并让哈利成为那个“真命天子”。所有这些事都不是注定要发生的。每件事都是个人选择的结果。

在我们的世界里也是一样——我们不仅每天都被世界另一边所发生的经济、政治和环境事件所影响，我们同样也可以影响这些事，还有这个世界。我们永远也不知道一个看起来毫不起眼的决定能产生多么超乎我们想象的结果。正是这些我们自己的决定，最终造就了我们。

参考文献

Abanes, Richard. *Harry Potter, Narnia, and the Lord of the Rings: What You Need to Know About Fantasy Books and Movies.* Eugene, OR: Harvest House Publications, 2005.

Anatol, Giselle Liza (ed.) *Reading Harry Potter Again: New Critical Essays.* Santa Barbara, CA: ABC - CLIO, 2009.

——. *Reading Harry Potter: Critical Essays: Contributions to the Study of Popular Culture.* Westport: Praeger Publishers, 2003.

Anderson, Benedict. *Imagined Communities: Reflections on the Origins and Spread of Nationalism* (3rd ed) . London: Verso. 2006.

Anelli, Melissa and J. K. Rowling. *Harry, a History: The True Story of a Boy Wizard, His Fans, and Life Inside the Harry Potter Phenomenon.* New York: Pocket Books, 2008.

Baggett, David, Shawn E. Klein, and William Irwin. *Harry Potter and Philosophy: If Aristotle Ran Hogwarts.* Peru: Carus Publishing Company, 2004.

Barber, Benjamin. *Jihad vs. McWorld: Terrorism's Challenge to Democracy* . New York: Ballantine Books, 1996.

Bassham, Gregory (ed.) . *The Ultimate Harry Potter and Philosophy: Hogwarts For Muggles.* New York: Wiley, 2010.

Batchler, Janet Scott. *What Will Harry Do? The Unofficial Guide to Payoffs and Possibilities in Book* 7. Lulu Publications, 2006.

Beahm, George. *Muggles and Magic: An Unofficial Guide to J. K. Rowling and the Harry Potter Phenomenon.* Charlottesville, VA: Hampton Roads Publishing, 2007.

——. *Fact, Fiction, and Folklore in Harry Potter's World: An Unofficial*

Guide. Charlottesville, VA: Hampton Roads Publishing Company, Inc., 2005.

Belcher, Catherine, L. and Becky Herr Stephenson. *Teaching Harry Potter: The Power of Imagination in Multicultural Classrooms*. New York: Palgrave Macmillan, 2011.

Bentham, Jeremy. *The Panopticon Writings*. Ed. Miran Bozovic. London: Verso, 1995.

Blake, Andrew. *The Irresistible Rise of Harry Potter*. London: Verso, 2002.

Boyle, Fiona. *A Muggle's Guide to the Wizarding World: Exploring the Harry Potter Universe*. Kent Town, South Australia: Wakefield Press, 2004.

Brendon, Piers. "The Churchill Papers: Biography." *Churchill College Cambridge Website*. Web. March 25, 2012 (http://www.chu.cam.ac.uk/archives/collections/churchill_papers/biography/).

Brown, Karen, A. *Prejudice in Harry Potter*. College Station: Virtualbookwork.com Publishing Inc., 2008.

Brown, Nancy Carpentier. *The Mystery of Harry Potter: A Catholic Family Guide*. Huntington, IN: Our Sunday Visitor Publishing, 2007.

Brown, Stephen. *Wizard: Harry Potter's Brand Magic*. London: Cyan Communications Ltd., 2005.

Bryfonski, Dedria. *Social Issues in Literature: Political Issues in J. K. Rowling's Harry Potter Series*. Detroit: Cengage Learning, 2009.

CasaBianca, Louis M. *Defogging the Future: Unauthorized Speculation about Book Seven of the Harry Potter Series*. Kearney, NE: Morris Publishing, 2006.

Colbert, David and Virginia Allyn. *The Hidden Myths in Harry Potter: Spellbinding Map and Book of Secrets*. New York: St. Martin's Griffin, 2004.

Colbert, David. *The Magical Worlds of Harry Potter: A Treasury of Myths, Legends, and Fascinating Facts*. London: Puffin, 2005.

Dalton, Russell W. *Faith Journey through Fantasy Lands: A Christian*

Dialogue with Harry Potter, Star Wars, and the Lord of the Rings. Minneapolis: Augsburg Fortress, 2003.

Duriez, Colin. *Field Guide to Harry Potter.* Downers Grove, IL: Intervarsity Press, 2007.

Eccleshare, Julia. *A Guide to the Harry Potter Novels.* London: Continuum, 2002.

Erickson, Christian William. *The Internal Face of the Garrison State: A Comparison of United States and Russian Internal Security Institutions and Policy*, 1900 - 2004. Davis: University of California, 2004 (Dissertation available online from UMI/Proquest).

FBI. "Hate Crimes: Overview." *Federal Bureau of Investigation Websites.* Web. March 25, 2012. (http://www.fbi.gov/about - us/investigate/civilrights/hate_ crimes/overview).

Fraser, Lindsey. *Conversations with J. K. Rowling.* New York: Scholastic, 2001.

Garrett, Greg. *One Fine Potion: The Literary Magic of Harry Potter.* Waco, TX: Baylor University Press, 2010.

Genovese, Eugene D. *Roll, Jordan, Roll: The World the Slaves Made.* New York: Random House, 1976.

Granger, John. *The Deathly Hallows Lectures: The Hogwarts Professor Explains the Final Harry Potter Adventure.* Wayne, PA: Zossima Press, 2008.

——. *Harry Potter's Bookshelf: The Great Books behind the Hogwarts Adventures.* New York: Berkeley Books, 2009.

——. *The Hidden Key to Harry Potter: Understanding the Meaning, Genius and Popularity of Joanne Rowling's Harry Potter Novels.* Port Hadlock, WA: Zossima Press, 2002.

——. *How Harry Cast His Spell: The Meaning behind the Mania for J. K. Rowling's Bestselling Books.* Carol Stream: SaltRiver, 2008.

——. *Looking for God in Harry Potter: Is There Hidden Meaning in the Bestselling Books?* Carol Stream: SaltRiver, 2006.

——. *Unlocking Harry Potter: Five Keys for the Serious Reader*. Wayne, PA: Zossima Press, 2007.

——. (ed). *Who Killed Albus Dumbledore? What Really Happened in Harry Potter and the Half-Blood Prince?* Wayne, PA: Zossima Press, 2006.

Gunelius, Susan. *Harry Potter: The Story of a Global Business Phenomenon*. Houndsmills, Basingstoke, Hampshire, UK: Palgrave Macmillan, 2008.

Gupta, Suman. *Re-Reading Harry Potter*. London: Palgrave Macmillan, 2009.

Hallett, Cynthia Whitney. *Scholarly Studies in Harry Potter*. Lewiston, NY: The Edwin Mellen Press, 2005.

"Hamilton on the Balance between Liberty and Security." *Harpers Magazine*, February 5, 2008. Web. March 25, 2012. (http://harpers.org/archive/2008/02/hbc-90002223).

Harmin, Karen Leigh. *J. K. Rowling: Author of Harry Potter*. Berkeley Heights, NJ: Enslow Publishers, 2006.

Heilman, Elizabeth E. *Critical Perspectives on Harry Potter*. New York: RoutledgeFalmer, 2003.

——. *Harry Potter's World: Multidisciplinary Critical Perspectives*. New York: RoutledgeFalmer, 2003.

Hobbes, Thomas. "Leviathan." *The Project Gutenberg EBook of Leviathan*, October 11, 2009. Web. March 25, 2012 (http://www.gutenberg.org/files/3207/3207-h/3207-h.htm).

Houghton, John. *A Closer Look at Harry Potter: Bending and Shaping the Minds of Our Children*. Eastbourne, UK: Kingsway Publications, 2002.

Hunt, Michael H. *Ideology and Foreign Policy*. New Haven, CT: Yale University Press, 2009.

Kern, Edmund M. *The Wisdom of Harry Potter: What Our Favorite Hero Teaches Us about Moral Choices*. Amherst: Prometheus Books, 2003.

Kern, Edmund, et al. Selected Papers from Nimbus-2003 Compendium: We Solemnly Swear These Papers Were Worth the Wait (The Harry Potter

Conference Papers). XLibris Corp, 2007.

The Nimbus - 2003 Programming Team (Author), Edmund Kern (Author), Roger Highfield (Author) Killinger, John. *God, the Devil, and Harry Potter: A Christian Minister's Defense of the Beloved Novels.* New York: St. Martin's Griffin, 2004.

——. *The Life, Death, and Resurrection of Harry Potter.* Macon, GA: Mercer University Press, 2009.

Kronzek, Allan Zola and Elizabeth Kronzek. *The Sorcerer's Companion: A Guide to the Magical World of Harry Potter.* New York: Random House, Inc., 2001.

Lackey, Mercedes. *Mapping the World of the Sorcerer's Apprentice (Harry Potter).* Dallas, TX: BenBella Books, Inc, 2006.

Langford, David. *The End of Harry Potter?* London: Gollancz, 2006. Lasswell, Harold D. "The Garrison State." *The American Journal of Sociology* 46. 4 (1941): 455 - 468.

Levy, Jack. "Alliance Formation and War Behavior: An Analysis of the Great Powers, 1795 - 1975." *Journal of Conflict Resolution* 25. 4 (1981): 581 - 613.

Mayes - Elma, Ruthann. *Females and Harry Potter: Not All That Empowering.* Lanham, MD: Rowman and Littlefield, 2006.

——. *Harry Potter: Feminist Friend or Foe?* Rotterdam: Sense Publishers, 2007.

Morris, Karen and Bradley, S Carol. *Law Made Fun through Harry Potter's Adventures.* CreateSpace, 2011.

Mulholland, Neil. *The Psychology of Harry Potter: An Unauthorized Examination of the Boy Who Lived (Psychology of Popular Culture Series).* Dallas, TX: Benbella Books, 2007.

Neal, Connie. *The Gospel According to Harry Potter: The Spiritual Journey of the World's Greatest Seeker.* Revised and Expanded Edition. Louisville and London: Westminster John Knox Press, 2008.

Nel, Philip. *J. K. Rowling's Harry Potter Novels.* New York and London: Continuum, 2003.

Neumann, Franz. *Behemoth.* Oxford: Oxford University Press, 1942.

Nexon, Daniel. "'Harry Potter' and Magical Realism." New Republic, July 20, 2007.

Nexon, Daniel and Iver B. Neumann (eds). *Harry Potter and International Relations.* Lanham, MD: Rowman and Littlefield, 2006.

Orwell, George. *Nineteen Eighty - Four.* London: Secker & Warburg, 1949.

Ostrom, Elinor. Governing the Commons: *The Evolution of Institutions for Collective Action.* Cambridge, Cambridge University Press, 1990.

Prinzi, Travis. *Harry Potter and Imagination: The Way between Two Worlds.* Allentown, PA: Zossima Press, 2009.

—— (ed). *Harry Potter for Nerds.* Allentown, PA: Zossima Press, 2011.

—— (ed). *Hog's Head Conversations: Essays on Harry Potter.* Allentown, PA: Zossima Press, 2009.

Pyne, Erin A. *A Fandom of Magical Proportions: An Unauthorised History of the Harry Potter Fandom Phenomenon.* Ann Arbor, MI: Nimble Books, 2007.

Pye, Lucian W. "Review: Weapons of the Weak: Everyday Forms of Peasant Resistance by James C. Scott." *The China Quarterly* 107. 1 (1986): 556 - 557.

Rattansi, Ali and James Donald. *Race: Culture and Difference.* London: Sage Publications, 1992.

Rauhofer, Judith. "Defence against the Dark Arts: How the British Response to the Terrorist Threat Is Parodied in J. K. Rowling's Harry Potter and the Half Blood Prince." *International Journal of Liability and Scientific Enquiry* v1, 2007.

Reagin, Nancy (ed). *Harry Potter and History.* New York: Wiley, 2011.

Riphouse, Acasias. *The Harry Potter Companion.* College Station, TX: Virtualbookworm, 2003.

Rivers, Nathaniel. "Harry Potter and the Half – Blood Prince." *Sycamore Review: Literature, Opinion, and the Arts*, January 15, 2008.

Rowling, J. K. 1999. *Harry Potter and the Chamber of Secrets.* New York: Scholastic.

——. 2007. *Harry Potter and the Deathly Hallows.* New York: Scholastic.

——. 2000. *Harry Potter and the Goblet of Fire.* New York: Scholastic.

——. 2005. *Harry Potter and the Half – Blood Prince.* New York: Scholastic.

——. 2003. *Harry Potter and the Order of the Phoenix.* New York: Scholastic.

——. 1997. *Harry Potter and the Philosopher's Stone.* London: Bloomsbury.

——. 1999. *Harry Potter and the Prisoner of Azkaban.* New York: Scholastic.

——. 1998. *Harry Potter and the Sorcerer's Stone. New York: Scholastic.*

Scamander, Newt (J. K. Rowling). *Fantastic Beasts and Where to Find Them.* London: Obscurus Books, 2001.

Schafer, Elizabeth D (ed.). *Beacham's Sourcebooks for Teaching Young Adult Fiction: Exploring Harry Potter.* Osprey, FL: Beacham Publishing Corp., 2000.

Scott, James C. *Weapons of the Weak: Everyday Forms of Peasant Resistance.* New Haven, CT: Yale University Press, 1987.

Smith, Robert B. *Hogwarts, Narnia, and Middle Earth: Place upon a Time.* Huson: Drinian Press, 2007.

Staudinger, Hans and Peter M. Rutkoff. *The Inner Nazi: A Critical Analysis of Mein Kampf.* Baton Rouge: Louisiana State University Press, 1982.

Stouffer, Tere. *The Complete Idiot's Guide to the World of Harry Potter.* New York: Penguin Group, 2007.

Talbott, William. "Bayesian Epistemology." *The Stanford Encyclopedia of Philosophy*, March 26, 2008. WebMarch 25, 2012 (http://plato.stanford.edu/entries/epistemology – bayesian/).

Thai, Xuan and Ted Barrett. "Biden's Description of Obama Draws

Scrutiny." *CNN Washington Bureau*, *CNN Politics* January 31, 2007. Web. March 25, 2012.

Thomas, Jeffrey E. and Franklin G. Snyder. *The Law and Harry Potter.* Durham, NC: Carolina Academic Press, 2010.

Thomas, James W. *Rowling Revisited: Return Trips to Harry, Fantastic Beasts, Quidditch, & Beedle the Bard.* Hamden, CT: Zossima Press, 2010.

– *Repotting Harry Potter: A Professor's Book – By – Book Guide for the Serious Reader.* Wayne, PA: Zossima Press, 2009.

Thomas, Scott. *The Making of Potterverse: A Month – By – Month Look at Harry's First* 10 *Years.* Ontario: ECW Press, 2007.

Tilly, Charles. *Social Movements*, 1768 – 2004. Boulder, CO: Paradigm Publishers, 2004.

Trevarthen, Geo. *The Seeker's Guide to Harry Potter.* Blue Ridge Summit: Axis Mundi Books, John Hunt Publishing, 2008.

Tumminio, Danielle. *God and Harry Potter at Yale.* Unlocking Press, Kindle Edition, 2010.

UN General Assembly. "UN General Assembly Resolution 49/60 'Measures to Eliminate International Terrorism'" *United Nationals Official Website* December 09, 1994. Web. March 25, 2012. (http://www.un.org/documents/ga/res/49/a49r060.htm).

UN Preamble. "The Universal Declaration of Human Rights." *United Nationals Official Website.* Web. March 25, 2012 (http://www.un.org/en/documents/udhr/).

US Code. "22 USC2656F: Annual Country Reports on Terrorism." Cornell University Law School, Legal Information Institute Website. Web. March 25, 2012. (http://www.law.cornell.edu/uscode/text/22/2656f).

US Supreme Court. "Furman vs. Georgia: 408 U.S. 238 (1972)." *FindLaw for Legal Professionals.* Web. March 25, 2012. (http://caselaw.lp.findlaw.com/scripts/getcase.pl?court = us&vol = 408&invol

=238）.

Vergano, Dan. "Telling the Truth about Lie Detectors." *USA Today*, September 9, 2002. Web. June 6, 2012（http://www.usatoday.com/news/nation/2002-09-09-lie_x.htm）.

Waltz, Kenneth. *Man, the State, and War: A Theoretical Analysis.* New York: Columbia University Press, 2001.

Want, Robert S. *Harry Potter and the Order of the Court: The J. K. Rowling Copyright case and the Question of Fair Use.* NationsCourts, 2008.

Warden, Rob. "George Whitmore Case Chronology." *Northwestern Law Website, Center for Wrongful Convictions*, 2006. Web. March 25, 2012.

（http://www.law.northwestern.edu/wrongfulconvictions/exonerations/nyWhitmoreChronology.html）.

Waters, Galadriel, and Astre Mithrandir. *Ultimate Unofficial Guide to the Mysteries of Harry Potter*（*Analysis of Books* 1-4）. Niles, IL: Wizarding World Press, 2002.

——. *Ultimate Unofficial Guide to the Mysteries of Harry Potter*（*Analysis of Book* 5）. Niles, IL: Wizarding World Press, 2003.

——. *Ultimate Unofficial Guide to the Mysteries of Harry Potter*（*Analysis of Book* 6）. Niles, IL: Wizarding World Press, 2005.

Weber, Max. "Politics as a Vocation." *From Max Weber: Essays in Sociology*. Ed. H. H. Gerth and C./Wiener, Gary（ed）. *Readings on J. K. Rowling*. San Diego, CA: Greenhaven Press, 2003.

Wright Mills. New York: Oxford University Press, 1946, 77-128.（http://media.pfeiffer.edu/lridener/dss/Weber/polvoc.html）. Weber, Cynthia. *International Relations Theory: A Critical Introduction.* New York: Routledge Press, 2009.

Whited, Lana（ed.）. *The Ivory Tower and Harry Potter: Perspectives on a Literary Phenomenon.* Columbia: University of Missouri Press, 2002.

Wolosky, Shira. *The Riddles of Harry Potter: Secret Passages and Interpretive Quests.* New York: Palgrave Macmillan, 2010.

Zimmerman, W. Frederick. *Unauthorized Harry Potter Book Seven News*: "*Half-Blood Prince*" *Analysis and Speculation*. Ann Arbor, MI: Nimble Books, 2006.

Zipes, Jack. *Sticks and Stones*: *The Troublesome Success of Children's Literature from Slovenly Peter to Harry Potter*. New York: Routledge Press, 2001.

Zinn, Howard. *A People's History of the United States*. New York: Harper Perennial Modern Classics, 2010.